KB079262

흰 백합꽃 펜던트

흰 백합꽃 펜던트

ⓒ 나동환, 2023

초판 1쇄 발행 2023년 9월 11일

지은이   나동환
펴낸이   이기봉
편집   좋은땅 편집팀
펴낸곳   도서출판 좋은땅
주소   서울특별시 마포구 양화로12길 26 지월드빌딩 (서교동 395-7)
전화   02)374-8616~7
팩스   02)374-8614
이메일   gworldbook@naver.com
홈페이지   www.g-world.co.kr

ISBN   979-11-388-2279-4 (03810)

• 가격은 뒤표지에 있습니다.
• 이 책은 저작권법에 의하여 보호를 받는 저작물이므로 무단 전재와 복제를 금합니다.
• 파본은 구입하신 서점에서 교환해 드립니다.

White Lily Pendant

흰 백합꽃 펜던트

나동환 소설

좋은땅

본 소설 《흰 백합꽃 펜던트》는 단테의 《신곡》(천국 편)을 모티브로 달빛 소녀의 꿈속 천상 체험을 다룬 작품이다.

이 작품에서 우리는 주인공 달빛 소녀의 천상 체험을 통해 별들의 하늘을 벅찬 감동으로 마주하게 된다. 그리고 천상에서 달빛 소년이 달빛 소녀의 목에 걸어 준 흰 백합꽃 펜던트 목걸이는 순백을 더한 사랑의 증표로 눈빛처럼 빛난다. 짐작건대 우리는 이러한 사랑의 묵시적 눈빛으로 보낸 천상의 계시록도 펼쳐볼 수 있을 것이다.

달빛 소년과 달빛 소녀는 지상에서 달빛 창 하나를 함께 바라보며 그들의 가슴속에 순수한 사랑의 달빛 창 하나씩을 내놓았다. 그러므로 흰 백합꽃 같은 사랑의 향기가 천상에까지 달빛처럼 퍼지고 있는 것이다. 그러나 달빛 소년이 지상을 떠난 후, 그 슬픔과 그리움은 모두 지상에 남은 자들의 몫이 되었다. 특히 어린 자식을 먼저 떠나보낸 부모는 더욱 그렇다. 때로는 꽃사슴 인형을 그 보상 심리의 대상으로 삼아 이를 사랑으로 승화시키려 했다.

그렇지만 그들은 아직도 여전히 빨간 끈 꿴 흰 운동화를 신고 밑창이 떨어진 채 달빛 소년을 향해 천상의 꿈길을 걷고 있다. 한편 이 소설은 파트별로 단편의 독립성을 유지하고 있다. 그러나 이 소설을 읽다 보면 지상에서 짧은 삶을 살다 떠난 달빛 소년의 사랑과 우정 그리고 사후의 슬픔과 그리움까지 한결같은 하나의 이미지를 형성하고 있다. 따라서 작품의 내용 또한 한 묶음으로 형상화되고 있음을 느낄 수 있다. 그러므로 각각의 단편 소설의 내용은 결국 우리로 하여금 한 편의 중편 소설을 읽는 듯한 감성에 빠져들게 한다.

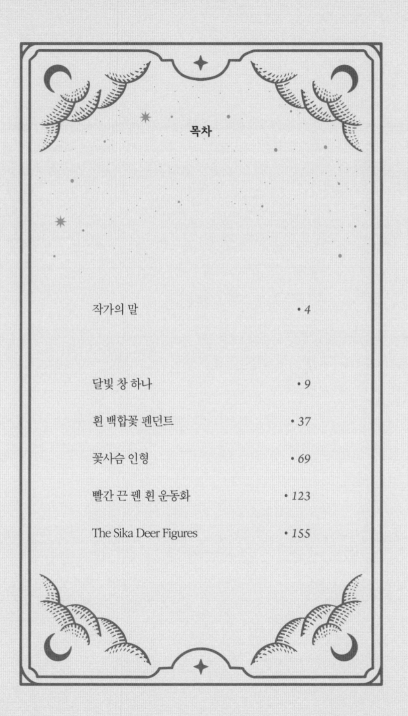

목차

달빛 창 하나

1

만남로 중심 거리는 종합 버스 터미널을 기준으로 하여 동쪽의 터미널 사거리와 서쪽의 방죽 오거리 사이의 구간을 말한다. 만남로 중심 거리의 양쪽 도로변에는 현대식 건물들이 즐비하게 들어서 있고 다양한 디자인으로 된 간판들이 건물 외벽에 붙어 있다. 그리고 밤에는 현란한 조명이 불야성을 이루며 사람들의 눈길을 유혹한다. 특히 종합 버스 터미널 옆에 있는 아라리오 조각 광장은 만남로 중심 거리의 상징과도 같은 만남의 장소가 되고 있다. 이 조각 광장에는 세계 유명 작가들의 작품이 설치되어 있어 열린 예술 공간으로서의 역할을 톡톡히 하고 있다. 그러므로 이 조각 광장에서는 누구나 할 것 없이 예술 문화를 공유할 수 있다. 최근에는 인근 대학생들의 대학 문화 축제장으로도 활용되고 있다. 또한 종합 버스 터미널 안에는 시내버스 터미널은 물론 시외버스 터미

흰 백합꽃 펜던트

널과 고속버스 터미널까지 복합적인 시설이 넓은 공간에 함께 들어서 있다. 그래서 전국 어디나 편리하게 교통수단을 이용할 수 있다. 그야말로 교통의 요충지 역할을 다하고 있는 셈이다. 그리고 국내의 유명 백화점이 입점해 있고 독립 건물로는 국내 최대 규모인 5층짜리 아라리오 갤러리도 있다.

이와 같이 만남로 중심 거리는 종합 버스 터미널을 주축으로 하여 형성된 종합 문화의 거리라고 할 수 있다. 그러므로 이 거리는 항상 수많은 인파가 북적댄다. 이동 바퀴가 달린 커다란 여행 백을 끌고 다니는 사람들로부터 최소한의 선물과 백화점 쇼핑백을 손에 들고 다니는 젊은이들까지 거리는 활기차다.

내가 다니는 학교는 터미널 사거리에서 아파트 단지 건너편 북쪽의 산 중턱에 자리잡고 있다. 그리고 나영의 학교는 방죽 오거리의 남쪽으로 조금만 돌아가면 바로 도로 변에 있다. 나영의 학교는 내가 다니는 학교보다 비교적 만남로 중심 거리와 가까운 거리에 있다. 이들 두 학교는 남학교와 여학교라는 특수성 때문에 학생들에게는 항상 호기심의 대상이 되고 있다. 나와 나영도 다른 학생들과 특별히 다를 바 없다. 학생들은 주로 토요일 방과 후에 이 만남로 중심 거리에서 만난다. 그리고 상대편 학교에 대한 여러 가지 정보도 서로 주고받는다.

우리도 만남로 중심 거리에서 만났다. 좀 더 정확히 말하자면 종합 터미널 맞은편 이태리식 아치형 창문이 달린 2층 카페에서였다. 그때 우리는 창가의 테이블에 자리를 잡고 앉았다. 그 테이블 한복판에는 흰 백합꽃 한 송이가 투명한 유리병에 꽂혀 있었다. 나영은 흰 백합꽃을 보자마자 탄성에 가까운 말투로 말했다.

"아! 참 좋다. 이 흰 백합꽃, 내가 가장 좋아하는 꽃인데…."

곧바로 나영은 흰 백합꽃 가까이에 희고 오뚝한 코를 대고 연거푸 향기를 맡았다.

그녀의 검고 부드러운 머리칼이 흩어져 포옹하듯 흰 백합꽃을 감싸고 있었다. 나는 나영의 그런 모습을 보면서 또 한 송이의 흰 백합꽃을 보는 듯한 착각에 빠졌다. 정말 나영은 흰 백합꽃처럼 청순하고 아름다운 소녀였다. 나영은 차분한 목소리로 나에게 물었다.

"이 흰 백합꽃 꽃말이 뭔지 알아?"

나는 나영의 갑작스런 질문에 당황하는 표정으로 얼버무리듯 대답했다.

"글쎄, 뭘까? 잘은 모르지만 예쁜 꽃말이겠지."

사실 나는 평소에 꽃말 같은 것에 대해서는 별로 관심이 없었다. 이런 나의 표정을 순간적인 감각으로 인식했는지 나영은 나에게 친절히 말해 주었다.

"흰 백합꽃의 꽃말은 '순결'이야. 그리고 또 하나 더 있어. '변치 않는 사랑' 말이야."

"아! 그렇구나. 이 꽃과 잘 어울리는 꽃말 같은데…."

나는 흰 백합꽃의 꽃말처럼 앞으로 우리 사이가 더욱 가까워져

서 순결하고 영원히 변치 않는 사랑으로 승화되길 마음속으로 빌었다. 그리고 나는 나영에게 말했다.

"그런데 말이야 사람은 자기가 좋아하는 사람을 닮아간다는데? 그리고 좋아하는 것도 그대로 닮는대… 그래서 나영은 아마 흰 백합꽃처럼 예쁜가 봐!"

"그래?! 정말 내가 흰 백합꽃을 닮은 것 같아? 내가 흰 백합꽃을 너무나 좋아해서 그런가 봐."

나영은 자기 마음을 너무 솔직히 나에게 털어놓은 것이 조금은 겸연쩍은 듯 시선을 약간 틀면서 나를 쳐다보았다. 나영의 커다란 눈동자가 깊은 호수처럼 빛났다. 나는 금방이라도 그녀의 호수 같은 눈동자에 빠져들 것 같았다.

우리는 이 카페를 '릴리카페'라고 이름 지어 부르기로 했다. 우리는 아름다운 이태리식 아치형 창문으로 밖을 내려다보았다. 종합 버스 터미널 앞 중심 거리에는 수많은 사람들이 형형색색의 옷을 입고 서로의 반대 방향으로 아니면 같은 방향으로 분주히 오가고 있었다. 그 모습이 마치 색실로 피륙을 짜고 있는 듯 아름다웠다. 이렇게 우리의 첫 번째 만남은 여기서 끝났다.

2

　오늘 밤은 나영과 첫 번째 만남 이후 두 번째 만남이었다. 첫 번째 만남과 두 번째 만남의 차이라고 하면 낮과 밤 그리고 봄과 가을의 차이일 뿐 첫 번째 만남과 다를 바 없었다. 우리는 역시 릴리 카페의 2층 창가 테이블에 자리를 잡았다. 오늘은 밤이라서 그런지 천장에 매달린 핑크빛 조명이 아늑하게 느껴졌다. 우리의 내적 감정의 본능을 자극하기에 충분한 분위기였다. 어느새 이런 분위기에 편승했는지 창가에 숨어 있던 달빛 한 줄기가 커피 테이블 위로 슬머시 스며들기 시작했다. 분위기는 한층 고조되었다. 우리는 에티오피아산 커피 한 잔씩을 마시며 첫 번째 만났을 때처럼 똑같이 습관적인 듯 이태리식 아치형 창문으로 만남로 중심 거리를 내려다보았다. 만남로 중심 거리는 달빛이 내려앉아 온통 달빛 거리로 변했다.

　　　　　　　　　　　　　　　흰 백합꽃 펜던트

젊은 연인들이 팔짱을 끼고 다정히 달빛 길을 걷는 모습이 퍽이나 로맨틱하게 보였다. 어느새 나영의 예쁜 눈동자는 달빛에 흠뻑 젖어 있는 듯했다. 그리고 그녀의 깊은 가슴속에서는 표현 이상의 센티한 감정 이입 현상이 일어나고 있는 것 같았다.

나영은 조용히 속삭이듯 나에게 말했다.

"우리 밖으로 나가! 저 달빛 길 걸어."

나는 그 말을 기다렸다는 듯이 나영의 말을 받았다.

"그래. 좋아! 우리 밖에 나가자! 이렇게 좋은 밤을 이대로 여기만 있을 수는 없지."

우리는 곧바로 릴리카페를 빠져나와 달빛 길을 걷기 시작했다. 태조산 유량골로 가는 유량천 길이었다.

우리의 눈앞에는 태조산 줄기가 달빛을 받아 검은 윤곽을 드러내고 있었다. 그 달밤의 고즈넉한 풍경이 노란 화선지에 그려진 한 폭의 수묵화 같았다.

원래 태조산은 후삼국 통일의 꿈을 품은 고려 태조가 이 산의 정상에 올라가서 '오룡쟁주'의 풍수지리 형국을 살펴보았다는 데서 붙여진 이름이다. 여기서 말하는 '오룡쟁주'는 다섯 마리의 용들이 하나의 여의주를 놓고 서로 먼저 차지하려고 싸운다는 뜻이다. 그리고 유량골은 태조산 곁줄기에 있는 계곡으로 그 이름은 태조가 이곳에 군사들을 주둔시키고 많은 군량을 저장해 두었던 곳이라는 데서 유래되었다. 이 계곡은 나에게는 아빠와의 추억이 깃든 곳이

기도 하다.

　내가 초등학교를 다니던 어느 한여름 날이었다. 나는 아빠와 함께 태조산 유량계곡으로 등산을 갔었다. 그때 나는 이 계곡의 입구에서부터 예사롭지 않은 계곡이라는 것을 직감할 수 있었다. 지형이 '오룡쟁주'의 축소판을 보는 듯했다. 한가운데에는 둥근 산이 있었고 그 주위를 태조산 곁줄기들이 용처럼 길게 뻗어 에워싸고 있었다.

　이 지형은 아름답기도 했지만 왠지 군사적 전략 기지 같은 느낌이 더 들었다. 나는 아빠와 함께 호기심을 가지고 계곡을 거슬러 올라갔다. 우거진 푸른 숲 사이로 맑은 계곡물이 흘러내리고 숲속에서는 정체 모를 산새들이 여기저기서 기이한 울음소리를 내고 있었다. 산새들은 숲속에서 몸을 숨기고 깊은 산울림처럼 울었다. 숲 바람이 일 때마다 꽃향기처럼 모였다 흩어지고, 흩어졌다 모여드는 듯 그 고운 음계의 조화가 신비로웠다. 그 울음소리는 가까이 있는 듯 멀리 있고 멀리 있는 듯 가까이 있는 도무지 잡히지 않는 위치 불명의 지저귐이었다. 더러는 멈칫멈칫 호수 같은 정적의 밑바닥에 기다란 울음 한 가닥을 수련처럼 깊게 뿌리 박아 놓고 응혈된 가슴으로 울고 있었다. 나는 "야호!" 하고 크게 소리를 질렀다. 좁은 계곡의 공간에서 마주 보는 작은 산줄기들이 '야호!' 하고 산울림으로 되받았다. 나는 산사람이 된 기분이 들었다. 나는 아빠를 따라 계곡의 3부 능선까지 거슬러 올라갔다. 그곳은 예상과는 다르게 제법 넓고 편편한 칡의 자생지였다. 나는 야생의 본능에 충실한 산짐승처럼 서로 엉켜 있는 칡넝쿨을 헤치고 칡뿌리를 캐기 시작했다. 그때 나도 모르게 내 입에서는 비명이 튀어나왔다.

"앗! 이게 뭐야? 아빠! 이리 좀 와 봐요! 여기 도자기가…."

아빠는 그때 한쪽에서 무언가를 골똘히 살펴보고 있었다.

"무슨 일이냐? 제이야!"

아빠는 놀란 표정을 하고 내 곁으로 달려왔다.

"이거 도자기 아냐?"

아빠는 흙 묻은 도자기를 꺼내 들고 자세히 살펴보았다.

"이 도자기는 아주 귀한 도자기인데! 고려시대 찻잔이야. 제이야, 여기 좀 봐! 학과 흰 구름이 그려져 있잖아."

나는 아빠가 들고 있는 도자기를 자세히 들여다보았다. 도자기는 푸른빛 바탕에 학과 흰 구름이 그려져 있는 작고 아담한 찻잔이었다. 이 찻잔은 테두리가 일부 깨져 있었지만 거의 완벽에 가까운 상태를 유지하고 있었다.

"제이가 오늘 가치 있는 유물을 발견했구나. 아마 이곳은 옛날의 절터이거나 특별한 집터인 것 같다. 이 유물을 잘 보관해."

아빠는 내가 대견스럽다는 듯이 나의 머리를 쓰다듬어 주었다. 나는 잠시 어깨가 으쓱해졌다. 아빠는 조금 전에 무언가를 살펴보던 곳으로 나를 데리고 갔다.

"이곳 좀 봐! 이것이 습지라는 거야. 적은 양이지만 샘물이 솟아

오르고 있잖아? 약간의 물도 고이고… 이 물이 계곡을 흘러 내려가는 거야. 이곳이 바로 유량천의 발원지야."

"아빠! 이 물이 어디까지 흘러가는 거예요?"

"아, 이 물? 유량천을 거쳐 강으로 또 강을 거쳐 바다로 흘러가는 거야."

"대단해요. 이 작은 습지의 물이 저 넓은 바다까지 흘러간다니…."

"이와 같이 작은 시작이 큰 결과를 가져다준단다. 제이도 항상 작은 것도 그냥 지나쳐 버리지 말고 소중히 여기는 사람이 되어야지. 그래야 나중에 훌륭한 사람이 될 수 있는 거야."

"네. 잘 알았어요. 아빠!"

나는 그날 아빠와 등산을 통해서 귀중한 고려 자기 유물을 발견하는 행운을 얻었다. 그리고 유량천의 발원지에서 '작은 시작이 큰 결과를 가져다준다'는 소중한 이치를 깨닫게 되었다.

3

태조산은 유량골을 감싸며 품고 있다. 유량골에는 태조산 공원이 아름답게 조성되어 있다. 이 공원에는 작고 아담한 태조호수가 햇살에 반짝이고 계곡에는 자연 휴양림이 무성하다. 그리고 각종 체육 시설과 청소년 수련관 및 조각 공원도 있다. 또한 공원 입구에는 태조산의 유래가 새겨진 안내석이 설치되어 있어 이 공원을 찾는 사람들에게 태조산의 역사적 의미를 되새길 수 있도록 해 준다. 이러한 역사적 의미를 되새기는 것은 새로운 추억을 쌓는 행동 촉진의 중요한 시발점이 되기도 한다. 그리고 역사적 의미는 되새기면 되새길수록 그 의미가 한층 심장해지고 추억은 쌓으면 쌓을수록 이야기 책처럼 두꺼워지는 법이다. 그러므로 좀 더 심장한 역사적 의미를 되새기고 더 많은 추억을 쌓고 싶다면 태조산 구름다리를 넘어가야 한다.

그곳 태조산 기슭에는 성불사와 각원사가 약간의 거리를 두고 위치해 있다.

성불사는 고려시대 도선 국사가 창건한 고찰로 전설처럼 전해 내려오는 사찰 이름의 유래가 신비롭다.

어느 날 하늘에서 흰 학이 내려와서 암벽에 불상을 쪼고 있었는데 학이 미완성 상태로 남겨 두고 갑자기 날아가 버렸다. 그래서 이 사찰을 '성불사'라고 불렀다 한다. 이를 증명이나 해 주듯이 지금도 사찰 뒤의 암벽에는 마애삼종불상과 16나한상이 희미한 부조로 그 윤곽을 드러내고 있다. 이 성불사는 조선 태조도 찾아와 기도했던 곳이다. 그러므로 이 사찰을 찾는 사람들에게는 잠시나마 역사적 의미를 되새기며 사색할 수 있는 공간이 되고 있다. 그리고 해마다 가을 단풍이 곱게 물들면 산사 음악회가 열려 사람들의 가슴에 추억을 쌓아 주기도 한다.

한편 각원사는 남북통일의 기원을 담아 1977년에 세워진 현대적 사찰이다. 이 사찰의 입구에는 '연화지'라는 아름다운 연꽃 호수가 있어 연등 축제의 장소로도 유명하다. 그리고 산언덕의 수많은 계단을 밟고 올라가면 동양 최대의 청동대불인 좌불상이 자리 잡고 있다. 이 좌불상은 태조산 줄기의 작은 산봉우리들이 마치 연꽃잎처럼 둘러싸고 있어 불상의 신비를 더해 주고 있다. 사람들은 각자 합장을 하고 좌불상의 둘레를 돌면서 남북통일을 기원한다. 그리고 자신들의 소원도 함께 빈다. 고려 태조가 후삼국 통일을 꿈꾸었던 태조산 기슭의 좌불상에서 남북통일을 기원한다는 것은 역사적 의미를 되새기고 또 하나의 추억을 쌓기에 충분한 가치가 있다.

이와 같이 태조산 일대는 역사적 의미를 되새기고 추억 쌓기를 경험할 수 있는 좋은 장소이다. 특히 시가지에서 유량천을 따라 태조산 공원까지는 가족 단위의 소풍이나 젊은이들의 데이트 코스로 최적이다. 그리고 구름다리를 넘어서 좌불상까지는 드라이브 코스로도 환상적이다. 또한 등산 경험이 많은 등산가들에게는 태조산 줄기를 타고 흑성산 쪽으로 등산하는 것도 추억을 쌓기에 소중한 경험이 된다.

나는 오늘 밤 이들 코스 중에서 최적의 데이트 코스를 선택하여 나영과 함께 유량천 달빛 길을 걸었다. 우리는 달빛 길을 한참 걷다가 달빛 받은 하얀 애니다리가 너무도 아름다워 발길을 멈추었다. 그리고 유량천 물가에 자리를 잡고 앉았다. 물가에는 수많은 구절초들이 군락을 이루고 하얀 가슴에 노란 꽃술을 내보이며 짙은 향기로 우리를 반갑게 맞아 주었다. 그리고 유량천에는 검은 바닥 돌들이 등을 드러내고 있어 마치 물고기 떼 등 비늘처럼 달빛을 받아 반들반들 빛났다.

한편 하얀 애니다리 건너편 물가에는 외딴집 한 채가 달빛 창 하나를 내놓고 있었다. 조금은 쓸쓸해 보이기도 했지만 정취가 있었다. 나는 나영에게 손가락으로 외딴집을 가리키며 말했다.

"저기 좀 봐! 저 외딴집, 그리고 저 달빛 창 하나!"

"아! 저 외딴집, 정말 달빛 창 하나 내놓고 있네."

"저기 창가 좀 다시 자세히 봐! 누가 방 안을 들여다보는 것 같지 않아?"

"뭐야! 아무것도 없는데… 혹시 헛것을 보고 착각하는 게 아냐?"

"아니야, 착각이라니. 분명히 누가 기웃거리고 있어. 저, 허연 억새꽃 말이야!"

"아이 참! 깜짝 놀랐잖아! 사람이라고 해서… 맞아, 저 억새꽃! 마치 사람이 기웃거리는 것 같아."

그때 물가에서는 키 작은 억새꽃들 사이로 유별나게 웃자란 허연 억새꽃 한 가닥이 조용히 흔들리고 있었다. 사실 나는 저 허연 억새꽃을 보고 무의식적으로 반응을 보인 것인지도 모른다. 나는 나영에게 학교에서 돌아오는 크리스마스 이브 날 영어 연극 공연을 할 것이라는 말을 슬며시 꺼내고 싶었던 것이다.

"내가 돌아오는 크리스마스 이브 날에 학교에서 《이녹 아든》 영어 연극을 하거든… 나는 그때 주인공 '이녹 아든' 역을 맡았어. 그 한 장면이 애니의 창가를 기웃거리는 거야."

"아! 그래? 놀랐는데! 이미 영어를 잘한다는 소문은 많이 들었지만 연극을 한다는 말은 금시초문인데? 그 연극 내용이 궁금해."

"그래, 내가 그 작품의 내용을 얘기해 줄게."

나는 나영에게 영어 연극 작품에 대하여 이야기를 시작했다.

"이 작품 《이녹 아든》은 영국의 유명한 작가 알프레드 테니슨의 장편 서사시적 형식의 소설이야."

— 영국의 어느 조그만 포구 마을에는 귀여운 '애니 리'라는 금발의 소녀와 방앗간집 아들 '필립 레이' 그리고 뱃사람 아들의 고아 '이녹 아든'이 살고 있었어. 이들은 바닷가 모래밭에서 모래성을 쌓고 벼랑 아래의 동굴에서 소꿉장난을 하고 놀았지. 하루는 이녹이 남편이 되고 다음 날 하루는 필립이 남편이 되었어. 그러나 아내는 오직 애니 하나뿐이었지. 그런데 이런 약속을 어긴 것은 힘이 센 이녹으로 심지어 이녹은 애니의 남편 노릇을 일주일씩이나 했어.

"이건 내 집이고 애니는 내 아내야!"

"아냐! 애니는 내 아내야!"

하고 이녹과 필립은 애니를 서로 자기의 아내라고 다투었지. 그럴 때마다 애니는 이녹과 필립을 말리며

"제발 나 때문에 다투지 마! 나는 두 사람 모두의 아내가 될 테야!"

하고 애니는 울면서 말하곤 했어. 그러던 그들이 어느덧 성장하여 이성에 눈을 뜨게 되었고 이번에는 진짜 사랑의 다툼이 벌어진 거야. 이녹은 모든 일에 열정적이고 배짱과 끈기가 있는 청년이었고 반면에 필립은 어떤 상황에서도 선뜻 나서지 않고 지켜보는 소극적인 성격이었지. 그렇지만 마음이 부드럽고 정이 많은 청년이었어. 애니는 이러한 이녹과 필립 중에서 애니에게 먼저 사랑을 고백한 이녹을 선택하게 된 거야. 이녹은 일찍이 무역선을 타고 여러 곳을 항해해 본 경험이 있고 어느 땐가는 난파된 선원을 여러 번 구해 주었던 용감한 청년이었어.

그 이후 사람들은 이녹을 영웅처럼 대하였지. 그리고 이녹은 철저한 계획주의자였어. 애니와 결혼하기 전에 이미 어선 한 척을 샀고 언덕의 중간 지점에 작은 집 한 채도 마련해 놓았지. 드디어 이녹과 애니는 성당의 종소리가 은은히 울려 퍼지는 가운데 행복한 결혼식을 올렸어. 이들 사이에는 큰딸과 둘째 아들도 태어났지. 그때부터 이녹은 가장으로서 책임감이 더 무거워졌지. 이녹은 매일 흰 말을 타고 수산물이 가득 든 생선 바구니를 집집마다 배달하며 장사를 했어. 그러던 어느 날 이녹은 배의 높은 돛대에서 떨어져 병석

에 눕고 만 거야. 그 후로 가정 형편은 어려워졌고 고객들은 다른 뱃사람에게 모두 빼앗겼어. 심지어 이녹은 애니가 거지가 되어 구걸하는 환상에 빠지기도 했지. 이런 때 애니는 허약한 막내아들까지 낳았어. 이와 같이 어려운 상황에서 평소 잘 아는 선장이 찾아와 중국으로 떠나는 배의 수부장 자리를 제안하게 되었어. 이녹은 절호의 기회라고 생각하고 곧바로 선장의 제안을 수락하게 되었지. 그리고 이녹은 애니의 눈물겨운 만류에도 불구하고 항해를 결심했던 거야. 이녹은 항해를 떠나기 전에 자기가 아끼던 배를 팔아 애니에게 장사할 가게를 꾸며 주고 많은 물건들을 사서 가게에 진열해 놓았어. 그리고 이녹이 항해를 떠나던 날 애니에게 말했어.

"내가 돌아올 때까지 난로에 불을 피우고 기다려 주오."

라고….

그러자 애니는 잠든 막내아들의 이마에 흘러내린 머리카락 한 움큼을 잘라서 이녹의 손에 쥐여 주며

"이 머리카락을 항상 몸속에 지니고 다니세요!"라고 말했지.

드디어 이녹이 탄 배는 항해를 떠났고 애니는 슬픔에 젖어 배가 저 멀리 수평선에서 사라질 때까지 지켜보고 서 있었어.

애니는 이녹을 떠나보낸 후 가게에서 장사를 했지만 경험이 없고 적성에도 맞지도 않아 오히려 큰 손해만 보고 말았지. 그때부터 가정 형편은 날로 어려워졌고 애타게 기다리던 이녹의 소식은 없

었어. 거기에 설상가상으로 막내아들까지 세상을 떠나고 말았지.

애니는 자식을 잃은 슬픔으로 극도의 절망감에 빠져 있었어. 그
때 고마운 필립이 아이들의 학교 문제를 해결해 주었고 가정 생활
에도 많은 도움을 주었지.

애니가 이녹을 기다린 지도 10년을 넘어 1년 반의 세월이 더 흘
렀어. 마을 사람들은 이녹이 이미 죽었다고 믿고 있었지. 물론 애
니는 이를 믿지 않았지만. 그러던 어느 날 애니는 꿈속에서 이녹의
모습을 보게 된 거야. 이녹이 커다란 종려나무 아래에서 태양을 이
고 있는 것을…. 잠에서 깬 애니는 이녹이 이미 죽어서 하늘나라에
있는 거라고 확신하게 되었어. 그때부터 애니의 마음은 점차 안정
을 되찾게 된 거야.

한편 이녹은 동쪽 어느 항구에서 열심히 장사를 해서 많은 돈을
벌게 되었지. 애니와 아이들과 함께 행복하게 살 수 있겠다는 부푼
꿈을 갖게 되었어. 그러나 이녹이 탄 배가 남태평양을 지나고 있을
때 갑자기 태풍을 만나 배는 삽시간에 바닷속으로 침몰되고 말았
어. 이녹은 구사일생으로 겨우 살아나서 어느 무인도에서 머물게
된 거야. 이러한 절망 상태에서도 이녹은 사랑하는 애니와 자식들
을 만날 수 있다는 희망을 한 번도 버리지 않았어. 그는 원래부터
의지가 강한 사내였거든….

이녹은 날마다 일찍 바닷가에 나가서 먼 바다를 바라보며 자기

를 구해 줄 배만 기다리고 있었어. 어느덧 세월은 흘러 그의 머리는 은백색으로 변했고 그의 혓바닥은 굳어 실어증에 빠졌지. 그러던 어느 날 배 한 척이 물을 구하러 이 섬에 찾아온 거야. 드디어 이녹은 이 배를 타고 그가 그토록 그리던 고향의 포구 마을로 돌아오게 되었어. 그러나 이녹을 알아보는 사람은 아무도 없었고 그가 살던 옛집은 불이 꺼져 있었지. 단지 '집 살 사람 구함'이라는 종이쪽지 한 장만 붙어 있었어.

이녹은 선술집 과부 미리엄 레인을 만나 애니에 대한 얘기를 자세히 들었어. 막내아들은 이미 죽었고 필립과 결혼을 해서 아기까지 있고 이녹은 행방불명되었다는… 얘기였어. 그런 후 저녁 무렵 이녹은 필립의 방앗간집을 찾아갔지. 그는 수송나무 뒤쪽 창가에 몸을 숨기고 방 안을 들여다보았어. 방 안은 테이블 위에 도자기와 은그릇들이 반짝거리고 난로에서는 장작불이 활활 타오르고 있었지. 그 오른쪽에는 뚱뚱해진 필립이 자기 아기를 무릎 위에 앉혀 어르고 있었어. 그리고 그 등 뒤에서는 금발의 큰딸이 실에 매단 고리를 높이 쳐들고 흔들며 아기를 보며 크게 웃고 있었지. 또한 애니는 행복한 미소를 지으며 아기와 건장한 둘째아들을 번갈아 보면서 무언가를 속삭이듯 말하고 있었지. 정말로 행복한 가정이었어.

이녹은 금방이라도 창문을 두드리며 '이녹이 여기 살아서 돌아왔어!'라고 외치고 싶었어.

그러나 그럴 수는 없었지. 이 한순간에 애니의 행복한 가정을 파괴할 수는 없었던 거야. 이녹은 숨죽이듯 창가를 빠져나와 넓은 들판으로 미친 듯이 달려갔어. 그리고 땅바닥에 쓰러져 하느님께 기도했지.

"오! 하느님! 참을 수 없는 이 괴로움! 쓸쓸하여 견딜 수 없는 저에게 힘을 주소서! 그리고 내가 여기 살아서 돌아왔다는 말을 죽을 때까지 하지 않도록 인내심을 주소서! 애니의 평화롭고 행복한 마음을 헝클어 놓지 않도록 해 주소서!"

그 후 이녹은 1년간 절망 속에서 막노동을 했고 결국 병들고 말았지. 그가 숨지기 사흘 전 그는 미리엄에게 자신이 '이녹 아든'이라는 사실을 털어놓았어. 그리고 몸속에 지니고 다녔던 막내아들의 머리칼 한 움큼을 미리엄에게 건네주며 애니에게 전해 달라고 했지. 이에 덧붙여 애니를 진심으로 죽을 때까지 사랑했다고도….

그러고 나서 며칠 후 이녹은 마지막 숨을 거두고 만 거야. ―

흰 백합꽃 펜던트

5

　나는 이녹 아든에 대한 작품 이야기를 이것으로 모두 끝냈다. 나의 이야기를 진지하게 듣고 있던 나영은 한동안 아무 말이 없었다. 그녀의 눈동자에는 슬픔의 눈물이 가득 고여 있었다. 잠시 후 나영은 나를 쳐다보며 외치듯이 떨리는 목소리로 말했다.

　"정말, 슬퍼! 너무나 슬프단 말이야! 어쩌면 그런 사랑의 운명이 다 있어? 슬픈 사랑이야!"

　"그래, 슬픈 사랑이지. 노크 할 수 없는 사랑!"

　"그렇다면 진정한 사랑이란 뭘까?"

　"그건 이녹의 사랑처럼 사랑하는 애니를 위해서 자신을 포기하고 희생할 수 있는 그런 사랑이 아닐까?"

　"맞아, 바로 그런 사랑일 거야. 슬프지만 값지고 아름다운 사랑 말이야. 나는 이 작품을 오래 간직할 것 같아. 정말 감동적이었어.

꼭 이 영어 연극 공연 보고 싶어. 그날 공연에 초청해 줄 거지?"

"물론이지, 나영! 꼭 초청해 줄 거야."

"고마워! 그럼 그날만을 손꼽아 기다려야지."

나영은 나의 영어 연극 공연 초청에 기뻐하며 대단한 호기심을 보였다.

사랑한다는 것은 누구나 할 수 있다. 그러나 사랑을 어떻게 하느냐에 있어서는 사람마다 다르다. 이녹은 애니를 진정으로 사랑했다. 애니 역시 마찬가지였다.

필립은 어느 날 산 가장자리에서 이녹과 애니의 사랑을 지켜보았다. 그리고 그는 상처받은 산짐승처럼 풀덤불 속에 몸을 숨기고 지켜보다가 절망의 발걸음으로 되돌아왔다. 이녹이 항해를 떠난 후 이녹의 배는 바닷속에 침몰됐고 이녹이 죽었다는 소문은 온 마을에 퍼졌다. 그러나 애니는 그 소문을 하나도 믿지 않았다. 오히려 안타깝고 슬픈 기다림을 더 큰 사랑으로 승화시켰다. 이런 애니를 지켜보는 필립의 마음도 말할 수 없이 슬프고 착잡했다.

'내가 이녹을 사랑했던 것처럼 당신을 사랑할 수 있을까요?'라고 한 애니의 말은 필립의 가슴을 두고두고 무겁게 짓눌렀다. 그러나 애니가 이녹의 죽음을 확신하기까지 많은 시간이 필요했다. 드디어 필립은 그토록 기다려 왔던 애니의 사랑을 얻게 되었다.

정말 운명이란 이처럼 아이러니한 것인지도 모른다. 어릴 적 소꿉놀이하며 애니를 사이에 두고 이녹과 필립이 서로 다툴 때 애니는 울면서 '나는 두 사람 모두의 아내가 될 테야!'라고 말하지 않았던가!

이녹과 필립의 사랑 게임은 이제 끝났다. 전반전에서는 이녹이 승리했고 후반전에서는 필립의 승리로 끝난 셈이다. 그렇지만 마지막 패자인 이녹의 결단은 무엇보다도 용감했다. 애니의 행복을 위한 이녹의 자기 포기와 희생은 슬프고도 아름다운 사랑의 기억으로 남았다.

우리는 다시 하얀 애니다리 건너편에 있는 외딴집의 달빛 창을 바라보았다. 여전히 웃자란 허연 억새꽃 한 가닥이 창가에서 흔들리고 있었다. 우리는 창가에서 방 안을 들여다보던 이녹의 잔상이 아직도 우리의 머릿속에서 사라지지 않고 있다는 것을 느꼈다.

나는 화제의 방향을 바꿔야겠다는 생각이 들었다.

"이건 순전히 나의 상상인데… 저 달빛 창 있잖아, 그 방 안에 지금 나영이 《이녹 아든》 책을 읽고 있다면? 그리고 슬픔에 젖어 있다면? 나는 어떻게 했을 것 같아?"

"그거야 그냥 바라보고 있거나 무슨 상상을 하고 있지 않겠어?"

"아마도 나는 대번에 방 안으로 들어갔을 거야."

"상상은 자유지만, 그럴 수는 없는 거지. 소녀의 방 안에 허락 없이 들어온다는 것은 무단 침입 아냐?!"

"무단 침입? 그건 아니지. 나는 자연 삼투할 거니까…."

"아니, 자연 삼투라니! 그게 뭔데?"

"자연 삼투는 말이야 삼투 현상처럼 스스로 스며드는 거야."

"그렇다면 우리가 무슨 화학 반응 물질인가? 자연적으로 삼투하게…."

"내 말 좀 자세히 들어 봐! 오늘 밤 우리는 달빛과 함께 지내고 있잖아. 그러니까 우리는 이미 달빛 영토에서 사는 달빛 나라 사람인 거야."

"우리가 달빛 나라 사람이라고? 그럼 우리는 달빛 소년이고 달빛 소녀인 거네!"

"맞아. 나는 달빛 소년이고 나영은 달빛 소녀인 거지. 그래서 달빛 소년이 달빛 소녀의 방 안에 달빛처럼 스며드는 것은 당연한 거 아냐? 그렇기 때문에 무단 침입이 아니고 자연 삼투라는 거야."

"듣고 보니 그렇긴 그런데! 자연 삼투! 퍽 낭만적인 반응이야."

"우리는 이제 달빛 나라 사람들이니까 달빛 낭만의 달빛 복지를 마음껏 누릴 권리가 있어."

"그래, 내가 달빛 소녀라는 것이 너무나 행복해! 그런데 이런 달빛 나라의 군주는 도대체 누구야?"

"그건 당연히 저 달이야. 달! 달은 모든 삼라만상을 지배하는 절대 군주야. 그러면서도 모든 삼라만상이 가장 아끼는 소유물이기도 하지."

"나는 어렸을 때부터 달을 제일 좋아했어. 달만 보면 내가 달나라의 동화 속 주인공이 된 것 같았거든…."

"지금도 나영은 마찬가지잖아? 예쁜 달빛 소녀니까…."

"그렇게 생각하니까 그런데! 나는 달만 보면 할머니 얘기가 떠올라. 달에는 계수나무가 있고 토끼가 방아를 찧고… 그리고 해와 달이 된 오누이 얘기까지…."

"그건 전래 동화 같은 얘기야. 누구나 한번쯤은 들었던 얘기지. 이와 비슷한 얘기들은 어느 나라나 있는가 봐! 나는 얼마 전 중국 만화를 본 적이 있어."

"그 얘기가 뭔데? 소개 좀 해 줘!"

6

— 어느 날 태양이 10개나 떴지. 땅과 물이 모두 말라서 사람들이 도저히 살 수 없었어. 그때 활을 잘 쏘는 '허우이'라는 사내가 태양에 활을 쏘았지. 그는 태양 1개만 남기고 한꺼번에 9개의 태양을 떨어뜨렸어. 그 후로 사람들은 농사도 잘 짓고 풍요롭게 살 수가 있었지. 이런 허우이가 '창어'라는 아름다운 여인을 아내로 삼고 행복하게 살았는데, 그러던 어느 날 허우이가 불로장생하는 귀한 약을 얻어 왔어. 그리고 창어에게 잘 보관해 놓으라고 했지. 그런데 허우이가 사냥을 나간 틈을 타서 이웃에 사는 악당이 갑자기 쳐들어와 창어에게 그 약을 내놓으라고 협박을 하는 거야. 이를 견디다 못한 창어는 그 약을 그만 입속에 넣고 삼켜 버렸어. 그런 후 창어는 선녀가 되어 달나라에 올라갔대! —

"이건 너무 과장된 얘기 같지?!"

"아! 참, 재미있어! 멋진 동화야!"

"이러한 달에 관한 얘기는 많이 있어. 그 내용이 사실이든 아니면 허구이든 간에 우리를 잠시 동화 속 달나라의 순수한 감정으로 빠져들게 해서 좋아."

"정말 달은 동화의 나라고 신비한 상상의 세계인 것 같아! 그리고 우리의 마음에 순수한 추억을 담아 주는 존재인 것 같아."

"그래, 오늘 밤 우리의 얘기도 우리의 마음도 우리의 눈빛도 모두 동화처럼 달은 담아 줄 거야. 우리가 나중에 달을 바라볼 때마다 다시 꺼낼 수 있는 순수한 추억이 되도록 달빛으로 비춰 줄 거야."

"그래서 달은 달빛으로 말해 준다고 하잖아."

"그렇지, 달빛은 달의 언어인 셈이지."

나는 나영과 함께 달에 관해 동화 같은 얘기를 주고받았다. 잠시 나영은 깊은 생각에 빠진 듯 아무 말도 하지 않았다. 그러다가 무언가 기발한 생각이라도 떠오른 듯 불쑥 말을 꺼냈다.

"우리가 달빛 소년과 달빛 소녀라고 했지? 그렇다면 한 가지 약속해!"

"그게 뭔데?"

"우리 서로의 가슴속에 달빛 창 하나씩 내놓기로… 우리가 서로 보고 싶을 때, 그리고 달빛 나라 얘기하고 싶을 때 언제든지 달빛처럼 스며들 수 있도록 말이야."

"그거 참, 좋은 생각이야. 약속해, 약속!"

이렇게 달빛 소년과 달빛 소녀는 서로의 손을 꼭 잡았다.

밤하늘에서는 커다란 쳇바퀴처럼 둥근 달이 스스로의 테를 치며 노란 달빛 가루를 그들의 머리 위에 흩뿌려 주고 있었다. 그 달빛 가루는 그들이 바라보고 또 바라보아도 눈부시지 않는 은은하고 고운 달빛이었다. 또한 그 달빛은 그들과 같은 낭만주의자들에게는 달빛 소나타처럼 고운 선율이 흐르는 사랑의 현과 같은 것이었다. 그러므로 둥근 달은 언제나 바라볼 수 있는 달빛 소녀의 둥근 손거울처럼 아름답고 소중했다. 그들이 보고 싶은 얼굴과 숱한 추억을 떠올리며 자신의 마음을 반추할 수 있는 그런 대상이었다. 그리고 그들이 앞으로 살아가면서 겪을 슬픔이나 번민과 고통을 모두 싣고 신에게로 언제나 떠나갈 수 있는 하늘 비행선 같은 존재이기도 했다. 그러나 달은 그들이 자연의 하나라고 절실히 느끼고 있을 때 가장 순진무구한 사랑의 달빛으로 빛날 것이다. 그리고 달빛 소년과 달빛 소녀의 가슴속 달빛 창에도 가장 부드럽고 순결한 사랑의 달빛 언어로 스며들 것이다. 자연 삼투로….

하얀 애니다리 건너편 외딴집의 창에는 이미 불이 꺼졌고 밤은 깊을 대로 깊어졌다. 온 천지는 적막강산 그대로였다. 어느새 나의 어깨 위에는 달빛 소녀의 부드러운 머리칼이 얹혀져 있었다. 잠시 달빛 소녀의 고운 숨결 소리가 들렸다. 나의 가슴속 달빛 창에는 그녀의 흰 백합꽃처럼 순결한 사랑의 달빛이 서서히 스며들고 있었다.

흰 백합꽃 펜던트

1

앙상한 나뭇가지 사이로 초겨울의 달빛이 스며든다. 지상과 천상의 영혼들이 성당의 종탑을 오르내리는 듯 붉은 십자가가 유난히 빛난다. 달빛 소녀는 성당을 지나 아득히 보이는 방조제를 향해 걷고 있다. 한참을 걸어서 분기점에 이르렀다. 방조제는 서쪽 갑문을 지나 육지로 이어지는 방향과 북쪽 갑문을 지나 육지로 이어지는 방향의 두 갈래다. 이러한 인위적 방조제와 자연적 바다의 경계는 남과 동의 거대한 호수를 만들어 놓았다. 이로 인해 바다와 호수는 각각 거센 파도와 잔잔한 물결이라는 상대적 물의 현상을 보여 주고 있다. 달빛 소녀는 긴 코트의 목깃을 세우고 동쪽 호숫가에 설치되어 있는 하얀 부교의 난간에 서 있다. 초겨울 밤의 보름달이 호수 위에 달빛 가루를 조금은 싸늘하지만 강렬하게 뿌려 주고 있다. 잔잔한 물결이 마치 물고기 등 비늘처럼 반짝였다. 달빛

흰 백합꽃 펜던트

소녀의 긴 코트 자락이 비에 흠뻑 젖은 듯 달빛을 받아 몸에 착 달라붙었다. 그러나 잔잔한 호수의 물결 위로 이내 흘러내린다. 불현듯 어느 산골 마을 낙화놀이가 그녀의 머리를 스쳐갔다. 마을 사람들이 뽕나무 숯가루에 사금파리 가루와 가루 소금을 섞고 창호지에 둘둘 말아 만들었다는 낙화봉 말이다. 개울가에 매달린 낙화봉에서 떨구는 그 찬란한 불티가 개울물 요정처럼 춤을 추던 장관이 눈앞에 선하게 그려졌다. 뭐라고 표현해야 할까? 그때 달빛 소녀는 달빛 소년의 포근한 품에 푹 파묻혀 자신이 낙화봉이라도 된 것처럼 한동안 자기 몸이 타고 있는듯 넋을 잃고 바라보지 않았던가! 달빛 소녀는 지금 달빛 요정이 춤을 추듯 반짝이는 호수를 바라보고 있다. 그녀의 몸과 영혼은 어느새 미세한 달빛 가루로 만든 달빛 낙화봉처럼 굳어 있었다. 그녀의 발끝에서는 은은한 달빛이 소리 없는 불티처럼 튄다. 한편 밤이 점점 깊어 갈수록 밤하늘의 보름달은 거대한 쳇바퀴의 테를 치듯 미세한 달빛 가루를 호수 위에 뿌려 준다. 달빛 소녀의 몸과 영혼도 달빛 불티를 내며 낙화봉처럼 그렇게 서서히 부서져 가고 있었다. 그녀의 몸과 영혼은 갑자기 현기증이 번지듯 증발의 기류에 휩싸이고 만다. 호수 위에서 잔잔히 튀고 있던 그녀의 달빛 불티가 밤하늘 둥근달로 다시 증발하고 있는 것이다. 그것은 그녀의 몸과 영혼이 함께 증발하고 있다는 확실한 증거이기도 하다. 밤하늘의 둥근달과 호수 사이는 상상할 수 없는 멀고 먼 거리다. 그러나 눈에 보이지 않는 지극히 가늘고 긴 달빛 선이 연결되어 있을 것이라는 무형의 존재 의식은 어디서 나오는 것일까? 이런 꿈같은 상상을 하며 달빛 소녀는 달빛 불티의 증발 통로를 찾기에 골똘하고 있다. 마침내 달빛 소녀는 발끝에서 머리끝까지 미세한 달빛 불티를 내며 완벽히 부서졌다. 그녀는 눈에 보이지 않는 미세한 달빛 선을 타고 증발한 것이다. 그 이후 달빛 소녀는 달빛 나라의 궤도 없는 무중력 하얀 천상 열차에 오르게 된다.

2

달빛 나라는 달빛 언어와 달빛 몸짓, 달빛 생각, 달빛 감성 등 오로지 달빛 예술성을 지닌 신들과 영혼들이 사는 달빛 하늘이다. 달빛 하늘(월광천)은 달빛이 진주처럼 반짝이고 그 빛이 물에 스며드는 듯 신비로웠다. 아홉 뮤즈가 북두칠성을 보고 방향을 가리키는 저쪽, 달빛 산에는 두 봉우리가 있었다. 그중 한 봉우리에는 뮤즈의 여신들이 살고 또 한 봉우리에는 아폴론 신이 산다. 뮤즈의 여신들은 문학, 음악, 춤, 연극 등 각자 독특한 예술적 기능을 가지고 있다. 특히 역사와 천문학 및 점성술의 학문적 전문성을 지닌 뮤즈도 있다. 이 뮤즈 여신들은 지상에서 올라온 예술가들의 영혼에 영감과 재능을 불어넣기도 한다. 한편 아폴론이 사는 곳에는 그의 상징적 나무처럼 커다란 월계수가 서 있다. 그 월계수의 달빛 그늘에는 평화와 달빛 낭만이 아늑하게 서려 든다. '큐피드의 화살을 맞은 아폴론이 아름다운 요정, 다프네에게 구애를 하러 따라갔다. 그렇지만 잡히기 직전에 결국 다프네는 월계수로 변하고 말았다'는 신화의 나무, 월계수가 달빛 소녀의 잔잔한 감성을 자극했다. 과연 월계수는 아폴론의 감성적 사랑의 상징일까? 아니면 아폴론의 감성적 구애를 물리친 다프네의 상징일까? 일언하여 양자는 각각 승리의 상징임을 자임하고 있는 것은 아닌지. 잠시 달빛 소녀는 감성의 월계관을 쓴 듯 월계수의 신화 속에 깊이 빠져들었다. 그사이 천상 열차의 내부는 어느새 달빛으로 환해지고 있었다. 천상 열차 안에서는 지상에서 올라온 영혼들이 평화스런 마음으로 각자의 독특한 빛을 조용히 내뿜고 있다. 시간이 조금 지나 천상 열차 내부의 끝 쪽에서 커다란 푸른 문이 열리고 한 천사가 나타났다. 그 천사는 천상의 소식을 전하는 사랑의 전령인 가브리엘 천사였다. 그 천사의 머리에서는 달무리처럼 광채가 나고 발끝까지 덮인 기다란 순백의 드레스는 더없이 선하고 아름다웠다. 그야말로 천상의 존재로서 진, 선, 미의 위용을 그대로 드러냈다. 한편 그 천사는 오른손에 황금빛 티켓 한 장을 쥐고 있었다. 그리고 달빛 소녀 앞으로 다가와 손을 내밀었다. 달빛 소녀는 그것을 받아 들고 자세히 들여다보았다. 달빛 소년으로부터 보내온 천상 체험의 초청 티켓이었다. 달빛 소녀는 그 티켓을 한동안 가슴에 안고

"달빛 소년, 오! 사랑하는 나의 달빛 소년!"

하며 연거푸 조용히 불렀다. 달빛 소녀의 깊은 가슴속으로 티켓

의 휘황한 황금빛이 스며들었다. 곧이어 가브리엘 천사의 천상 안내 설명이 시작되었다.

— "먼저 천상의 아름다운 신비와 질서에 대해서 말하겠습니다. 천상은 항상 빛이 넘쳐나고 눈부신 빛의 한가운데에는 하느님의 역사와 은총이 가득합니다. 천상에 있는 모든 존재는 하느님의 형상을 닮아 있으며 하느님과 가까이 있을수록 완전해지고 멀리 있을수록 불완전하답니다. 그리고 이러한 존재들은 하느님을 향해 선한 의지로 움직이며 이는 곧 우주의 위대한 질서와 조화이기도 합니다. (…)

다음으로는 지금 여러분이 천상 열차를 타고 천상에 가는 열 개의 하늘을 지구로부터 가까운 순서대로 설명하겠습니다. (월광천-수성천-금성천-태양천-화성천-목성천-토성천-항성천-원동천-청화천(지고천) (…)" —

천사의 설명은 계속되었다. 달빛 소녀는 이러한 열 개의 하늘 구분이 고대 그리스의 천문학자 프톨레마이어스의 이론에서 나왔다는 단테의《신곡》을 기억한다. 그리고 열 개의 하늘 중 열 번째 하늘인 청화천(지고천)은 하느님의 최고의 하늘이며 다른 모든 하늘들의 특성은 이 하늘을 통해 영향을 받는다. 그리고 그 아래의 하늘로 전달되는 유기적 시스템이 완벽하게 구축되어 있다는 내용 또한 기억한다. 그렇다면 최고의 하늘인 청화천(지고천)은 과연 어떠한 곳인가? 달빛 소녀는 무척 궁금했다. 가브리엘 천사의 설명은 계속되었고 하얀 천상 열차는 화살보다 더 빠른 속도로 월성천에서 청화천(지고천)을 향해 올라가기 시작했다. 월성천에서 두 번째 하늘인 수성천에 올랐다. '발이 빠른 전령의 신'이라는 이름을 가진 수성이 자욱한 운무 속에서 숨은 보석처럼 빛나고 있었다. 달빛 소녀는 날개 달린 모자를 쓰고 신발을 신고 바삐 제우스의 메시지를 전하는 헤르메스를 떠올렸다. 해가 뜨기 직전, 동쪽 하늘에서 잠깐 그리고 해가 지고 난 직후 서쪽 하늘에서 잠깐, 빠르게 내비치는 수성이 신비하고 경외감마저 들게 했다. 이러한 수성의 특성처럼 수성천에는 지상에서의 명성이나 명예보다는 남모르게 선행을 행한 영혼들이 저마다 아름답고 밝은 빛을 내며 조화를 이루고 있었다. 빛은 위로 올라갈수록 점점 밝아졌다. 금성천은 그 빛이 유난히 빛나고 아름다웠다. 키프로스 바다에서 떠오른 비너스처럼 아름다운 금성의 빛이 휘황하게 감돌았다. 금방이라도 사랑의 신, 큐피드가 비너스 같은 금성을 향해 사랑의 황금 화살을 쏠 것만 같았다. 한때 달빛 소녀의 가슴에도 달빛 소년의 사랑이 큐피드의 화살처럼 꽂힌 적이 있지 않았던가! 달빛 소녀는 살포시 눈을 감아 본다. 달빛 소녀의 가슴속에서 사랑의 눈빛이 가득 반짝인다. 지상에서 사랑에 집착했던 영혼들이 달빛 소녀를 에워싸고 하트 모양을 그리며 밝은 빛을 낸다. 그러는 사이 천상 열차는 계절의 변화와 순환 그리고 식물의 성장을 주관하는 태양천에 올랐다. 태양의 신, 헬리오스가 매일 불타는 태양 마차를 타고 하늘을 가로질렀다는 태양의 하늘이다. 태양은 아침에 뜨고 밤에 지며 온도의 변화를 이루고 있었다. 그러므로 이곳은 모든 생명체가 살아 있는 빛을 조화롭게 낸다. 한편 또 하나의 태양의 신, 아폴로가 차지한 델포이(자궁)가 있어 생명의 원천을 이루고 있다. 이곳에서는 하느님의 창조적 섭리와 사랑의 의지로 살았던 철학자들과 신학자들의 영혼들이 빛을 내고 있었다. 그들은 화환 모양의 원무를 추고 있었다. 그 원무는 하나의 원이 돌면 또 하나의 원이 둘러싸며 두 원의 빛이 동시에 돌고 있었다. 그것은 원 안의 빛이 원 밖의 빛을 그리고 원 밖의 빛이 원 안의 빛을 서로가 서로를 스미고 반사하는 완전한 하모니였다. 이는 하느님의 장엄하고 아름다운 축복과 은총을 그대로 드러낸 것이다. 달빛 소녀는 무의식에 잠긴 듯 조용히 태양을 바라보았다. 무의식은 곧 무한한 상상력과 창조적 생명력을 잉태한다는 신념 때문이었을까? 무의식처럼 흐릿한 구름 속에서 떠오르는 태양이 더 찬란하게 보였다. 그때 하늘 저편에 태양의 빛을 받아 불타는 듯 화성이 붉은 빛을 반사하고 있었다. 달빛 소녀는 화성 하늘에 근접하고 있음을 직감했다.

화성천은 밝고 어두운 두 얼굴을 가진 것처럼 북쪽은 평원을 이루고 남쪽은 협곡을 이루고 있었다. 갑자기 밝게 보이는 평원에서 먼지 폭풍이 일었다. 이어서 지상에서 자기 십자가를 지고 예수를 따르던 순교자들의 영혼들이 빛을 내기 시작했다. 그들의 영혼들은 은하의 별 무리처럼 줄지어 좌우 상하로 움직이며 십자가 모형을 만들었다. 그리고 서로 교차될 때마다 강렬한 빛과 더불어 경건하고 장엄한 찬양의 소리를 냈다. 달빛 소녀는 순교자 영혼들이 만든 거룩한 십자가를 보며 그녀의 가슴에 성부와 성자와 성령의 이름으로 십자 성호를 그었다. 하늘의 종탑에서 종과 연결된 긴 줄이 내려졌다.

3

달빛 소녀는 긴 줄을 잡아당겨 종을 치듯 그녀의 강렬한 시선으로 목성의 하늘 종을 쳤다. 하늘 종이 맑게 울리고 하얀 빛이 쏟아졌다. 그러자 하늘 한쪽에서 밝은 줄무늬가 일정한 지대를 이루고 또 다른 한쪽에서는 어두운 줄무늬가 띠를 이루며 갑자기 고리 모양의 소용돌이 현상을 일으켰다. 그리고 그 고리 모양의 안에 독수리 형상을 만들었다. 그것은 정의의 영혼들이 하느님의 선의 의지를 빛내고 있는 것이었다. 특히 그 독수리의 눈 부분에서는 다섯 개의 빛이 돋보이게 눈부셨다. 정의의 핵심 영혼 같았다. 하늘 빛은 위로 올라갈수록 하늘마다 빛의 특성이 뚜렷하게 드러나고 그 빛의 세기도 더욱 강렬해졌다. 마찬가지로 달빛 소녀의 빛도 고유의 달빛에 더하여 점점 그렇게 변해 가고 있었다. 이는 본능적으로 하느님의 존재를 향해 정의의 선의 의지가 움직이고 있다는 묵시적 은총의 빛이 아니겠는가? 아마도 달빛 소녀가 하느님을 가까이에서 만난다면 그녀는 하느님의 은총을 받아 더없이 눈부신 빛을 발산할 것이다. 벌써부터 달빛 소녀의 가슴은 벅차오르기 시작했다. 달빛 소녀는 고개를 들어 또 하나의 하늘을 바라보았다. 태양빛을 받아 찬란히 빛나는 토성 고리에 달빛 소녀의 커다란 눈은 휘둥그레졌다. 일찍이 갈릴레이가 말했던 '양쪽에 달린 괴상한 귀' 같은 고리였다. 달빛 소녀는 아름답고 신기한 토성 고리에 대한 호기심을 가지고 토성천에 올랐다. 어쩐지 토성천은 풍요롭고 평화스런 시간과 계절을 순환시키는 힘이 있을 것 같은 예감이 들었다. 달빛 소녀는 예민한 지성과 감동적 진리의 눈빛으로 신비한 토성 고리의 형성 과정을 지켜보았다.

하늘의 성운에서 비처럼 쏟아지는 미세한 알갱이들이 얇은 토성 고리 모양을 만들고 토성의 주위를 돌고 있었다. 토성은 마치 챙이 둥근 중절모를 쓴 신사처럼 멋지고 아름다웠다. 그 광채 또한 성운이 주변 별빛을 산란시켜 붉거나 푸른 빛을 내듯 태양빛을 받아 황홀했다. 달빛 소녀는 이러한 성운이 토성 고리는 물론 토성 전체를 생성하는 데 중요한 재료가 되지 않았을까? 생각을 해 봤다. 이러한 성운은 어떻게 만들어질까? 아마도 그것은 어느 소멸된 별들의 잔해들이 모여 이루어진 것이 아닐까? 그렇다고 가정한다면 별들의 생성과 소멸 또한 보이지 않는 위대한 순환의 원리가 작용되는 것은 아닌지. 달빛 소녀는 의문의 가정을 연거푸 마음속에 품으면서 '별은 죽어서 잔해가 되고 그 잔해는 다시 별이 된다'는 속설을 현실화시켜 본다. 그리고 하느님의 선의 의지가 얼마나 확고하고 위대한지를 다시 한번 실감하는 계기가 되었다. 토성천에는 지상에서 사색과 명상으로 살았던 영혼들이 토성 고리처럼 둘러앉아 빛을 내며 기도를 하고 있었다. 그 기도 소리가 마치 천둥소리처럼 크게 들렸다. 그리고 저 먼 하늘과 기다랗게 연결된 황금 사다리도 보였다. 그것은 무지개처럼 영롱한 빛을 냈다. 진리의 영혼들이 무리 지어 황금 사다리를 오르내리고 있었다. 달빛 소녀는 진리의 눈을 뜨게 해 달라고 마음속으로 기도하며 황금 사다리를 타고 항성천에 올랐다.

밤하늘에서는 쌍자궁 별자리가 어깨동무를 하듯 다정히 빛나고 있었다. 지금까지 올라왔던 일곱 개의 하늘 별들과 지구까지도 한눈에 내려다보였다.

그곳에는 장미와 흰 백합꽃이 만발한 천상의 화원도 있었다. 그 화원에서는 성모 마리아의 거룩한 빛이 끊임없이 맴돌았다. 가브리엘 천사는 경건하게 성모 마리아를 찬양했다. 그때 저편 장미 화원 안쪽에서 고운 달빛이 불티를 내듯 흩어졌다. 그리고 수도자의 경건한 옷차림처럼 순백의 긴 망토를 입은 달빛 소년이 나타났다. 그 소년은 입가에 미소를 띠며 한 다발의 흰 백합꽃을 양손으로 받들고 달빛 소녀에게 다가왔다.

"오, 사랑하는 나의 달빛 소녀! 여기까지 와 줘서 반가워요, 진심으로 환영하고 축하합니다!" 하며 달빛 소녀에게 꽃다발을 건네주었다. 꽃다발을 건네받은 달빛 소녀의 눈망울은 삽시간에 감격의 눈물로 글썽였다. 그리고 곧바로 달빛 소년의 품에 안겼다. 달빛 소녀는

"달빛 소년, 나의 사랑하는 달빛 소년! 그동안 정말 보고 싶었어! 그리고 초청해 줘서 고마워."

하며 속삭이듯 말했다. 그렇게 그들은 한참을 포옹한 채로 달빛 낙화봉처럼 굳어 있었다. 흰 백합꽃의 깊은 향기가 그들의 가슴속으로 달빛처럼 은은히 스며들었다.

흰 백합꽃 펜던트

그 순간 그들은 추억의 만남로 릴리카페에서 달빛 길 유랑천까지 회상의 침묵 속으로 깊이 빠져든다. 지난 가을밤의 추억이 소환되고 있다.

— 달빛 소녀는 커피 테이블 위의 투명 유리병에 꽂힌 흰 백합꽃 한 송이를 보았다. 그리고
"이 꽃은 내가 가장 좋아하는 꽃인데….."
하며 곧바로 흰 백합꽃 가까이에 희고 오뚝한 코를 대고 연거푸 향기를 맡았다.
달빛 소년은 그런 달빛 소녀의 검고 부드러운 머리칼이 흩어져 포옹하듯 흰 백합꽃을 감싸는 모습을 보고 또 하나의 흰 백합꽃을 보는 듯한 착각에 빠졌다. 달빛 소녀는 차분한 목소리로 달빛 소년

에게 물었다.

"이 흰 백합꽃 꽃말이 뭔지 알아?"

그 순간 달빛 소년은 당황했고 이를 감성적 인지로 금방 알아챈 소녀는

"순결이야, 그리고 변치 않는 사랑이기도 해."

라고 말했다. 그들은 흰 백합꽃의 순결한 사랑을 마음에 담고 태조산 달빛 길을 걸어서 유량천의 물가에 나란히 앉았다. 하얀 애니 다리 건너편 물가에는 외딴집 한 채가 달빛 창 하나를 내놓고 있었다. 그 창가에는 웃자란 허연 억새꽃 한 가닥이 바람에 조용히 흔들리고 있었다. 달빛 소년은 학교 영어 연극 공연에서 주인공 '이녹 아든' 역을 맡았다고 했다. 주인공 '이녹 아든'에 관한 얘기는 밤이 깊어 가는 줄도 모르고 계속되었다. 밤하늘의 달빛이 무거운 적막처럼 그들의 온몸을 적시듯 내렸다. 달빛 소녀는 진지한 표정으로 달빛 소년의 얘기를 들었고 이녹 아든과 애니의 슬픈 사랑에는 눈물을 흘리기도 했다. 그때마다 분위기는 이내 바뀌어 달빛 나라 얘기로 이어 갔다. 그들은 달빛을 받으며 어느새 달빛의 낭만에 흠뻑 취했고 그들만의 달빛 나라 사람이 되었다. 또한 서로를 '달빛 소녀', '달빛 소년'이라고 그렇게 불렀다. 이에 더하여 달빛 소녀는 달빛 소년에게

"이제 우리의 가슴속에 달빛 창 하나씩 내놓기로 해, 서로가 보고 싶을 때는 언제나 달빛으로 스며들 수 있도록 말이야."

하고 제안했다. 그런 후 달빛 소녀와 달빛 소년은 그렇게 하기로 손을 꼭 잡고 굳게 약속했다. 이와 같이 그들의 순결한 사랑은 달빛 속에서 흰 백합꽃으로 피어났다. —

회상의 침묵이 끝나고 달빛 소년과 달빛 소녀는 성모 마리아의 축복을 받으며 흰 백합꽃 화원을 걷는다. 그 모습이 한 쌍의 천사와도 같았다. 그들의 영혼은 달빛의 찬란함과 흰 백합꽃의 순결함을 더한 사랑의 빛으로 빛났다. 달빛 소녀는 달빛 소년의 안내를 받으며 천사들이 사는 원동천을 보았다. 원동천은 다른 하늘들과는 달리 강렬한 빛을 내면서 빠른 속도로 돌고 있었다. 감히 접근하기 어려운 두려움까지 느껴졌다. 달빛 소녀는

"도대체 저 하늘은 어떤 기능을 하는 거야?"

하고 의심과 호기심의 말투로 달빛 소년에게 물었다.

"아, 퍽 궁금했었구나. 원동천은 하느님이 있는 청화천과 가장 가까이에 있으면서 다른 여덟 개의 하늘에 힘을 배분하는 기능이 있어. 그러니까 다른 하늘을 운행하는 핵심 하늘인 거야. 그래서 특별히 하느님의 빛과 사랑이 항상 감싸고 있지."

"아, 그렇구나! 말하자면 원동천은 다른 하늘들이 원활하게 움직일 수 있도록 하나의 엔진 역할을 하는 셈이네."

"맞아, 그렇다고… 그리고 원동천 안쪽에는 성모 마리아가 그리스도를 따라 승천한 자리도 있어. 이들은 육체와 영혼을 동시에 지

닌 분이시지."

"아! 그래? 그 자리가 보고 싶은데…."

"회전 속도가 너무 빨라서 아쉽기는 하지만 그냥 지나치는 것으로 하는 게 좋겠어. 언젠가는 볼 수 있는 기회가 올 거야."

"알았어. 그날을 기다리며 하느님의 사랑인 선의 의지로 단단히 준비해야지."

그들이 원동천의 아름답고 거룩한 빛과 빠른 움직임을 보며 질문과 응답을 진지하게 주고받는 사이 최종 목적지인 청화천에 올랐다. 청화천은 하느님의 순수한 빛과 사랑 그리고 기쁨이 충만한 곳이었다.

5

달빛 소년이 제일 먼저 달빛 소녀를 안내한 곳은 황금 불꽃의 깃발이 나부끼는 성모 마리아의 하얀 장미 화원이었다. 그곳에는 일곱 개의 하얀 장미 층이 있었다. 순백의 빛이 아름답고 거룩해 보였다. 천사들이 날개를 펴서 성모 마리아를 찬양하고 가브리엘 천사가 '은총이 가득하신 성모 마리아님, 항상 기뻐하소서!' 노래를 불렀다. 달빛 소녀는 달빛 소년에게 궁금증을 가지고 질문하기 시작했다.

"저 하얀 장미 층에 앉아 있는 영혼들은 누구야!"

"맨 위쪽에는 성모 마리아, 그 아래로 하와, 야곱의 아내 라헬 그리고 아브라함의 아내 사라(…) 등 주로 다윗 가계의 여인들이고 마지막 일곱 번째 층에는 어린아이들의 영혼들도 앉아 있지. 이 어린아이들은 여러 층에 골고루 나뉘어 있기도 하고…."

"그런데 저기 접시를 들고 있는 아름다운 여인은 누구지? 그리고 접시에는 무엇이 담겨 있는 거야?"

"아, 그 여인은 순교자 루치아! 접시에 담겨 있는 것은 그녀의 두 눈동자야… 순교의 상징이기도 하지. 그녀는 지상에서 배교를 강요 받고 수많은 박해를 받았으나 끝까지 신앙을 지키다가 장작불 화형을 받았어. 그렇지만 멀쩡히 살아 있었지. 결국 목을 베고 두 눈동자를 도려내어 순교한 거야."

"그래서 두 눈동자가 담긴 접시를 들고 있었구나! 너무나 끔찍하고 잔인해! 슬퍼!"

"그만큼 루치아에게는 신앙이 목숨보다 더 소중했던 거야. 그 후 사람들은 순교자 '루치아' 하면 자신의 두 눈동자가 담긴 접시를 들고 있는 상징적 모습으로 묘사하게 됐어."

"아! 그랬구나. 그녀의 영혼까지도 저런 상징적 모습으로 보여 주는 것이 이제 이해가 돼."

"맞아, 나도 그렇게 생각하고 있어. 그만큼 상징의 의미가 큰 거지. 그리고 오래 남는 거야. 영혼까지도 그 상징으로 남아 나타나고 있으니까…"

달빛 소녀의 질문과 달빛 소년의 자세한 답변은 이렇게 오가고 있었다. 이에 화답이나 하듯이 하얀 장미 화원의 영혼들은 지성적이고 선한 사랑의 빛을 달빛 소녀와 달빛 소년에게 보냈다. 이어서 달빛 소녀와 달빛 소년은 하느님의 원점 가까이로 눈을 돌렸다. 눈부신 빛이 일체의 감각을 초월하게 만들었다. 그 빛은 장엄한 강물처럼 흐르고 천사들의 빛이 위에서 아래로 폭포처럼 떨어졌다.

"오! 저 빛 좀 봐!"

달빛 소녀는 감격의 비명을 질렀다.

"저런 현상을 가리켜 '빛의 폭포'라는 거야."

하고 달빛 소년이 말했다. 그 빛의 폭포는 마치 불꽃놀이 할 때 낙화봉에서 떨어지는 불티처럼 찬란했다. 달빛 소녀는 빛의 세례를 받으며 빛을 마시듯 커다란 눈으로 경건하게 빛의 강물을 보았다.

"빛의 폭포에서 내리는 강물을 마시면 초월자의 시각을 갖게 돼, 나는 이미 마셨거든…."

하고 달빛 소년은 달빛 소녀에게 말했다.

"그래? 그럼 나도 마셔야겠네!"

달빛 소녀는 구원을 청하는 눈초리로 달빛 소년을 바라보며 성급히 말했다.

"괜찮아, 이미 눈빛으로 마셨잖아, 눈을 크게 떠 봐! 시각이 뚜렷하고 맑게 변할 거야."

달빛 소년이 힘주어 말했다. 달빛 소녀는 눈을 크게 뜨고 빛의 강물을 다시 바라보았다. 빛의 무리들이 원형 극장처럼 둥근 장미화원을 만들었다. 하느님의 사랑의 화원이었다. 그야말로 시공간을 초월한 사랑의 엠피리오를 실감하는 순간이었다. 특히 하느님의 원점을 중심으로 돌고 있는 아홉 개의 불 바퀴는 신비의 극치를 보여 주었다.

"저 불 바퀴는 누구의 빛일까?"

달빛 소녀는 달빛 소년에게 물었다.

"아- 아, 그것은 아홉 천사들이 만들어 내는 그들만의 빛이야."

"그렇다면 그 아홉 천사들의 이름은 뭐야?"

"이들은 하느님을 가까이에서 모시는 천사들로 원동천에서 월광 천까지 아홉 개의 하늘을 다스리고 있어. 품계에 따라 3등급으로 나누고 있지. 각 등급마다 3명의 천사들이 배당되는 거야. 1등급 천사는 세라핌, 케루빔, 트로니. 2등급 천사는 도미니티오, 비루투 테스, 포테스타테. 3등급 천사는 프린키파투스, 아르칸겔투스, 안 겔루스. 그리고 이들 천사들은 무슨 일이든 스스로 인식하거나 기 억하거나 욕망하지 않고 오로지 하느님의 선한 의지에 따라 공정 한 생각과 판단 그리고 선한 행동으로 부여된 임무를 완벽하게 수 행하고 있어. 특히 이들 아홉 천사들 중에서 가장 으뜸 천사는 세 라핌 천사야."

달빛 소년은 달빛 소녀의 질문에 자세히 설명해 주었다. 그런 후

"저기 하느님 옆에 있는 세라핌 천사 좀 자세히 봐!"

하고 세라핌 천사가 있는 쪽을 가리켰다. 그러자

"와! 저 천사가 세라핌 천사야? 날개가 여섯 개나 있어!!"

"맞아, 그 여섯 개의 날개로 춤을 추며 하느님을 기쁘게 하고 찬 양하는 거야."

"그런데 하느님은 어디에 계시는 거야. 볼 수가 없네?"

"아— 아, 하느님은 성부, 성자, 성령의 완전성을 지닌 삼위일체로 우주의 실체이며 법칙과도 같아. 그리고 그 빛은 성부가 성자에게 반사되고 성령의 불처럼 보이지. 그러므로 너무 강렬한 빛이라서 아무나 볼 수 없는 거야."

"그럼 누가 볼 수 있나?"

"이곳의 천사들과 열두 사도 그리고 특별히 레테의 시냇물을 마시고 죄를 정화시킨 순수한 영혼들만이 가능한 거야. 이들은 사도 바울이 말한 '희망하는 것들의 보증과 보이지 않는 사물의 존재'로서의 굳건한 믿음이 확증된 영혼들이지. 또한 이들은 그리스도 부활의 생명이라는 영원한 삶의 빛으로 감각이나 연상, 판단과 추리 등 사유 작용 없이 하느님의 빛을 직관할 수 있는 거야. 달빛 소녀도 언젠가는 그리스도의 사랑과 은혜의 빛을 받을 거야. 그리고 그 찬란한 빛의 열기로 하느님을 직관하게 될 거야."

"그렇다면 얼마나 좋을까?"

"그러나 통상적으로 천사들의 빛을 통해서 하느님 은총의 빛이 나타나기도 하지."

달빛 소녀의 질문과 달빛 소년의 설명이 끝난 후, 잠시 달빛 소년은 사랑하는 달빛 소녀의 검고 커다란 눈동자를 보았다. 그녀의 눈동자는 천상의 신비감과 호기심으로 가득 빛났다.

6

달빛 소년은 그녀에게 다음과 같은 묵시적 천상의 메시지를 눈빛으로 보낸다.

— 가슴의 피로 새끼를 먹여 살리다가 스스로 죽는 새가 있다네. 그 전설적인 펠리컨처럼 그리스도의 십자가 보혈은 원죄를 순결한 영혼으로 거듭나게 했다오.

달빛 소녀의 영혼은 지금 어디를 향해 가고 있는가?

아담은 지상에서 930년, 지옥의 림보에서 4302년, 모두 5232년을 살았다네. 그러고 나서야 속죄를 받고 하느님의 빛 속에 안겼다오. 그러나 그의 짧은 에덴동산의 일곱 시간은 무엇으로 어떻게 설명해야 하는가?

그는 하느님이 주신 고귀한 자유 의지를 남용하고 교만했네. 그대가로 긴 세월 동안 얼마나 큰 고통 속에서 살았던가!

이는 누구나 한 번쯤 가슴 깊이 새겨볼 일이네.

하느님의 빛은 천사들의 아홉 개 불 바퀴가 햇무리처럼 둘러싸여 원점에서 가까울수록 빠르고 점점 멀어질수록 줄어들면서 찬란한 빛을 내며 돈다네. 그리고 순수한 영혼들이 하느님을 향해 외치는 호산나와 천사들의 합창 소리가 아름답고 거룩하다네.

천국은 지상에서 선의 의지로 더없이 가벼워진 영혼들만이 빛이 되어 갈 수 있네. 그 시간은 언제인지 얼마의 시간이 걸릴지는 누구도 알 수 없다네. 어쩌면 아담의 시간보다 훨씬 빠를 수도 있고 아니면 더 오래 걸릴지도 모른다네. 그러므로 항상 하느님으로부터 천국의 열쇠를 손에 받아 쥔 베드로처럼 그리고 접시에 자신의 눈동자를 들고 있는 순교의 여인, 루치아처럼 굳은 신앙과 순결함으로 영혼의 빛을 준비해야 한다오.

나의 사랑하는 달빛 소녀여! 그대도 언젠가는 천국으로 가는 황금 사다리에 오를 것이네. 그리고 하느님의 빛이 있는 원점 가까이로 세라핌 천사의 인도를 받을 것이네. 부디 하느님의 거룩한 빛을 받아 달빛 소녀의 영혼이 천국에서 자유 의지의 빛으로 영원히 빛나기를 바라네.

빛은 길이고 진리며 생명과도 같은 것이라네. 그곳은 성모 마리아님의 장미와 열두 사도들의 흰 백합꽃이 만발한 평화와 자유의 아름다운 화원이라오. ― (*단테의 신곡 참조)

이러한 달빛 소년의 묵시적 천상의 메시지는 연약한 식물들이 햇빛을 아무런 거부감 없이 자연스럽게 스미듯이 달빛 소녀에게 생명의 빛으로 모두 받아들여졌다.

달빛 소녀는 원동천의 모든 천사들이 하느님을 향해 호산나를 외치며 합창하는 거룩한 찬양을 뒤로하고 떠나야 할 시간이 되었다. 지상에서 올라온 초청 영혼의 한시적 천상 체험이 아쉽다. 달빛 소녀는 달빛 소년의 손을 잡고 세라핌 천사가 내준 황금 사다리의 계단을 밟으며 항성천으로 내려갔다. 흰 백합꽃 화원에서는 케루빔 천사가 이끄는 환송 합창단의 천사들이 〈아베 마리아〉를 부르며 순백의 빛을 내뿜고 있었다.

"달빛 소녀, 잠깐만 기다려 줘! 다녀올 데가 있어."

하고 달빛 소년은 장미 화원 안쪽으로 사라졌다. 자연스럽게 달빛 소녀의 시선은 달빛 소년이 사라진 장미 화원 안쪽으로 쏠렸다.

"아! 저 장미 화원 안쪽에 저런 아름다운 순백의 궁전이 있었네?!"

달빛 소녀는 아름다운 순백의 궁전을 바라보고 놀라운 표정을 지으며 혼잣말로 속삭였다. 잠시 후 케루빔 천사와 함께 달빛 소년이 손에 장밋빛 작은 상자를 들고 왔다. 합창단의 은은한 찬양 속에서 장밋빛 상자가 개봉되었다. 그 상자 속에는 가느다란 장밋빛 하트 라인 안에 앙증맞게 핀 한 송이 흰 백합꽃 펜던트가 섬세한 은사슬에 매달려 있는 사랑의 목걸이었다. 달빛 소년은 달빛 소녀

의 희고 긴 목에 흰 백합꽃 목걸이를 걸어 주었다. 곧바로 케루빔 천사가

"달빛 소녀에게 항상 하느님의 은총이 함께하여 빛나길⋯."

하며 달빛 소녀의 흰 백합꽃 목걸이에 십자 성호를 그었다.

그리고 달빛 소년도

"나의 아름다운 달빛 소녀, 흰 백합꽃처럼 순결한 나의 사랑이여! 나는 그대를 영원히 사랑하리!"

하고 말하며 달빛 소녀를 꼭 안아 주었다.

"목걸이 선물 정말 고마워! 감동받았어. 이 흰 백합꽃 목걸이 소중하게 영원히 간직할게, 사랑해! 그런데 우리 여기서 헤어지면 또 언제 만나지?"

"우리 만나는 거? 보고 싶어 생각나면 언제든지 만날 수 있지, 우리의 가슴속에는 달빛 창이 있잖아! 달빛으로 스며들면 되는 거지."

달빛 소녀와 달빛 소년은 사랑과 작별의 아쉬운 마음으로 화답했다. 하늘에서 은은한 달빛이 내렸다. 달빛 소녀의 희고 긴 목에 걸린 순백의 흰 백합꽃 목걸이가 달빛을 받아 그 순백의 농도를 더하며 반짝였다. 이윽고 항상천에서 토성천까지 황금 사다리가 내려졌다. 방금 전까지 천사들의 합창단에서 성모송을 불렀던 안겔루스 천사가 황금 사다리 꼭대기에서 달빛 소녀를 기다리고 있었다. 그 천사는 달빛 소녀를 월광천까지 인도할 월광천의 수장이다. 달빛 소녀는 천사들의 환송곡을 들으며 황금 사다리를 밟고 토성

천으로 내려갔다. 아마도 달빛 소녀는 안겔루스 천사의 안내를 받으며 토성천에서 천상 열차를 타고 월광천까지 내려갈 것이다. 그리고 그곳에서 낙화봉처럼 달빛 불티를 내며 미세한 달빛 선을 타고 지상으로 내려갈 것이다.

7

달빛 소녀가 등굣길에 나섰다. 달빛 소녀는 어젯밤 꿈속에서 덜 깬 듯 정신이 몽롱한 상태가 계속되었다. 더구나 안개마저 자욱하여 아직도 꿈속 길을 걷는 것 같았다.

달빛 소녀의 하숙집은 학교가 눈앞에 뻔히 보이는 가까운 위치에 있다.

그러나 비탈진 언덕의 꼭대기라서 곧바른 길이 아니다. 특히 층층으로 허름한 집들이 불규칙하게 들어서서 좁은 골목길을 이루고 있다. 그러므로 여러 번 가로 세로의 골목길을 반복해서 걸어야만 학교의 붉은 담장 옆으로 난 조금은 넓고 곧은 길이 나온다. 그렇지만 그 길 역시 비스듬한 계단을 밟고 내려가야 한다. 달빛 소녀는 꿈속의 천상에서 황금 사다리를 밟고 내려가 듯 학교 붉은 담장 옆 계단을 밟고 학교 정문을 향해 내려갔다. 오늘은 안개로 흐릿한

길을 그나마 몇 개의 가로등 불빛이 밝혀 주고 있어 다행이다. 항상 그렇듯이 달빛 소녀는 흰 목 칼라에 자색 교복을 입고 그 위에 검정 코트를 단정히 걸친 산뜻한 옷차림이다. 그리고 책 배낭이 조금은 무겁게 느껴지지만 그런대로 앙증맞아 귀엽게 보인다. 달빛 소녀는 학교 정문 앞에 이르러서 그녀의 하숙집이 있는 언덕 마을을 바라본다. 뿌연 안개에 파묻힌 마을에서는 군데군데 가로등 불빛이 두꺼운 안개를 뚫고 나와 빛나고 있었다. 마치 운무 속에서 수성이 빛을 내고 있는 것 같았다. 달빛 소녀는 달빛 소년과 함께 천상의 황금 사다리를 밟고 내려오던 몽상에서 아직도 벗어나지 못하고 있다. 그녀는 교정의 성모상 앞에 서서 가슴에 십자 성호를 그었다. 그때였다. 갑자기 전화벨이 요란스럽게 울렸다. 달빛 소녀는 가슴이 철렁했다.

"여보세요! 여보세…."

하며 흐느끼는 소리가 들렸다. 잠시 후,

"여보세요! 달빛 소년이 어젯밤 학교 앞에서 교통 사고로 이 세상을 떠났어!"

"뭐… 뭐라고요!? 달빛 소년이 죽었다고요! 오! 하느님! 오! 성모 마리아님! …달빛 소년!"

달빛 소년의 친구 시그의 전화를 받고 달빛 소녀는 흐르는 눈물을 주체할 수 없었다. 달빛 소녀는 한참을 멍하니 성모상을 바라보며 그 자리에 선 채로 석고상처럼 굳어 버렸다.

학생들이 하나둘씩 교실로 들어갔다. 교실 안에서는 학생들이 빙 둘러 앉아 웅성거리고 있었다.

"달빛 소년이 죽었대! 교통사고래, 학교 앞에서 사고났대! 오늘 아침 TV 방송에서 나왔어…." 등 학생들의 입에서 튀어나오는 말들이 분분했다. 그리고 눈이 퉁퉁 부은 달빛 소녀에게로 몰려들었다. 어떤 학생은 달빛 소녀의 손을 쓰다듬고 어떤 학생은 친구의 슬픔이 자기의 슬픔인 양 흐느끼기도 했다.

달빛 소녀와 달빛 소년의 관계는 친구들도 이미 잘 알고 있다. 크리스마스 이브 날, 달빛 소년의 영어 연극 공연에 달빛 소녀가 초청되었다는 사실도 달빛 소녀 스스로 친구들에게 밝혔고 그때 친구들도 같이 가자고 했었다.

달빛 소녀는 온종일 어젯밤 꿈속의 천상에서 머물고 있었다. 달빛 소년과의 만남과 사랑 그리고 대화와 천상의 신비 등 그대로 유체 이탈적 정지 상태인 것이다. 이따금 현실적 사물의 대상이나 행동을 무의식적으로 우두커니 바라본다. 그리고 가슴속에서 치밀어 오르는 슬픈 감정마저도 최소한의 정지된 관성적 작용에 따를 뿐이다. 그것은 달빛 소년의 충격적 죽음에서 나타나는 존재적 상실감이 가져다주는 무기력 현상이라고나 할까? 아니면 현재의 사실을 부정하고 어젯밤의 꿈속에 그대로 정지하고 싶은 일종의 심리적 방어 기제에 의한 것인지도 모른다. 이러한 학교 생활의 하루가 어떻게 지나갔는지도 모르게 밤이 되었다.

밤하늘에는 둥근달이 떠 있었다. 그 달은 슬픔 어린 달빛 소녀의 커다란 눈동자처럼 애잔한 달빛을 내고 있었다. 달빛 소녀는 지난 오월, 성모 축제 때 찍은 성모상 액자와 흰 백합꽃 한 송이를 챙겨 달빛 소년이 잠든 성모병원의 안치실로 갔다. 안치실에는 청 잠바를 입고 미소를 담뿍 머금은 달빛 소년의 영정이 마련되어 있었다. 달빛 소녀는 가져간 성모상 액자와 흰 백합꽃 한 송이를 그의 영정 앞에 놓고 향불을 피웠다. 그리고 십자 성호를 그었다.

"안녕, 나의 사랑하는 달빛 소년! 그동안 행복했어! 우리 천상에서 다시 만날 때까지 잘 있어…."

달빛 소녀의 슬픈 눈물이 흰 백합꽃의 가녀린 꽃잎에 새벽 이슬처럼 맺혔다. 그리고 부드러운 향연이 달빛 소년의 얼굴을 가볍게 스치고 운무 속을 나는 천사의 날개처럼 하늘로 흩어졌다.

그 순간 달빛 소년의 천상의 메시지가 달빛 소녀의 깊은 가슴속 달빛 창에 달빛 묵시록처럼 스며들고 있었다.

꽃사슴 인형

_1_

숲속은 숲 바깥세상과는 전혀 다른 딴 세상이다. 그것이 깊은 산 중의 숲속이라면 더욱 그렇다. 또한 그것이 한여름의 숲속이라면 딴 세상 이상의 원시림 같은 자연의 진수이다. 이 산은 주로 자작나무 군락으로 이루어진 숲이다. 자작나무들은 마치 수천수만의 흰 기둥처럼 하늘을 향해 쭉쭉 뻗고 서 있다. 그리고 수많은 푸른 잎사귀들을 떠받치며 넓은 숲 그늘을 만든다. 이따금 산바람이 푸른 잎사귀들을 흔들면 환한 태양빛 줄기가 푸른 잎사귀 사이로 깊숙이 파고든다. 이러한 태양빛 줄기는 숲 바깥의 뙤약볕과는 차원이 다르다.

'빛은 구하는 자만이 빛을 얻는다. 중요한 것은 빛은 비추는 것이 아니라 구하는 자의 빛이 되는 것이다.'

어느 수도원을 나온 노인의 말을 레프 니콜라예비치 톨스토이가 그의 일기장에 적어 놓은 일기장의 한 부분이다. 숲속으로 파고드는 태양빛은 바로 받는 자의 빛이다. 다시 말해서 숲속에 사는 모든 생물체들의 빛이다. 그래서 숲속은 한층 활력 있고 평안해진다. 다람쥐는 이리저리 자작나무들을 자유자재로 오르내리고 산새들은 나뭇가지에 앉아 고운 소리로 지저귄다. 자작나무 밑의 키 작은 풀꽃들은 또 하나의 작은 풀꽃 숲을 이루고 풀벌레들을 모은다. 그러면 풀벌레들은 풀꽃 숲에 몸을 숨기고 가느다란 울음을 운다. 숲속은 숲속에 사는 생물체들의 자연 코러스 마당이다. 이들은 가지가지 음색을 지닌 울음소리를 낸다. 높고 낮은가 하면 굵고 가늘고 길고 짧은가 하면 빠르고 느리다. 그 소리들은 한데서 들리지 않고 각자의 몸을 숨긴 위치에서 울려 퍼진다. 기본적으로 깔리는 배경음은 뭐니 뭐니 해도 계곡을 흐르는 맑은 물소리이다. 그 은은하고 청아한 물소리는 경쾌한 율동감마저 준다. 그래서 멀리 떨어져 있는 이름 모를 산짐승들이나 꽃사슴 등 숲속의 침묵자들에게는 매혹적인 자연의 소리이다. 그러므로 계곡의 맑은 물소리는 이들을 끌어 모아 자연 코러스의 진정한 감상자로 만든다. 그 위력이 대단하다. 이렇게 하여 숲속의 생물체들은 자연 속에서 한데 어울려 사는 자연의 한 가족이 된다. 현재적 의미에서 가족은 가까운 사회적 공동체의 기본 조직이다. 좀 더 이러한 가족의 현재적 시점을 강조하는 의미에서 본다면 평소 자작나무 숲길을 사색하며 그렇게도 자주 걷던 톨스토이의 명언 몇 마디를 떠올리지 않을 수 없다.

'가장 중요한 때는 현재다. 왜냐하면 사람이 자기 자신을 통제할수 있는 것이 현재이기 때문이다. 가장 중요한 사람은 현재 당신이무슨 이유에서든지 관계하고 있는 그 사람이다. 누구나 자기가 이후에도 그 사람과 관계를 유지하게 될 것인지 어떤지는 모르기 때문이다. 가장 중요한 일은 현재 무슨 이유에서든지 있는 사람들을모두 사랑하는 일이다.'

숲속의 생물체들은 모두가 자연의 한 가족으로서 이들에게도 스스로 통제할 수 있는 현재가 존재한다. 그리고 서로의 관계를 맺고유지하며 사랑하는 것이 중요한 일이다. 숲속의 평화와 안식은 이들의 진정한 가슴 떨림 같은 사랑에서 비롯된다. 숲속의 사방에서자연 가족의 코러스가 들려온다. 숲속은 자연 그대로의 진수가 평화의 숲 그늘처럼 넓게 깔려 있는 딴 세상이다.

$\mathcal{2}$

숲속의 풀꽃 자생지에는 산 찔레꽃 나무가 울타리처럼 엉켜 에 워싼 작은 통나무집 한 채가 있다. 사람이 사는 집이라고 하기에는 너무 낮고 낡아서 차라리 움막집이라고 해도 좋을 것 같다. 이 집 은 숲속에서 유일한 그의 집이며 작업 공간이기도 하다. 그는 이곳 에서 자작나무로 산짐승들의 인형을 조각하는 노인 작가이다. 방 안 한구석에는 그의 작업대가 조그마한 책상처럼 놓여 있다. 낮에 도 방이 어둠침침해서 그 위에는 항상 촛불이 켜져 있다. 그리고 그의 작업대 주변에는 십오 센티 정도로 잘린 자작나무 통나무 토 막이 모형 피라미드 모양으로 쌓여 있다. 또한 그의 손끝이 닿을 만한 가까운 곳에는 각종 조각 도구와 붓과 물감 등이 순서를 기다 리는 듯 언제나 대기하고 있다. 한편 퇴색한 사방의 벽면에는 까 치발을 단 네 칸짜리 자작나무 판 선반이 설치되어 있고 그 위에는 각종 산짐승들의 인형이 얹혀 있다. 금방이라도 산짐승들의 기이한 울음소리가 들릴 것만 같다. 이러한 산짐승들 중에서 단연, 가장 눈에 돋보이는 것은 어린 꽃사슴 자매 인형이다. 이 꽃사슴 자매 인형은 아름답기도 하지만 방문을 열면 단번에 눈에 뜬다. 맨 위, 선반의 왼쪽에서 첫 번째 위치에 나란히 놓였기 때문이다. 꽃사슴 자매 인형은 그가 숲속에 들어온 후 한 달쯤 지나서 처음으로 만든 작품이다. 그래서 그는 이 작품에 애착이 더 간다. 그가 꽃사슴 자매 인형을 만들게 된 것은 숲속 계곡의 물가에서 우연히 꽃사슴을 처음 보고 나서이다. 그는 그때, 그 꽃사슴의 아름답고 고귀한 자태와 애수에 젖은 듯한 커다란 눈망울을 보는 순간, 꽃사슴에게 완전히 매료되었다. 그 눈망울은 더없이 맑고 순수했다. 하늘에서 내려보낸 천사의 모습 그 자체였다. 이 세상의 온갖 추함과 더러움 그리고 오욕과 번민에 오염된 마음까지도 모두 정화시켜 줄 것 같았다. 또한 그의 가슴속에 낙엽처럼 켜켜이 쌓여 짓누르고 있는 지난날의 슬픔과 그리움의 한까지도 말끔히 걷어 내어 줄 것이라는 기대심도 작용했다. 그러므로 꽃사슴은 그의 마음속에 순수한 표상으로 짙게 각인되었다. 그는 꽃사슴이 물을 마시고 점점 먼 산마루 쪽, 자작나무 흰 기둥 사이로 빠져나갈 때까지 수풀 속에서 계속 숨죽여 가며 지켜보았다. 그런 후 곧바로 집에 돌아와서 작업대 앞에 앉았다. 꽃사슴 인형의 작업은 어떠한 밑그림이나 설계도 없이 일사천리로 진행되었다. 그의 마음에 이미 각인되었기에 가능한 일이었다. 열흘이 지나서야 첫 번째 꽃사슴 인형이 완성되었다. 곧이어 또 하나의 인형이 엿새 만에 완성되었다. 이들 꽃사슴 자매 인형은 그의 혼과 정성이 담긴 작품이다. 언제부터인가 꽃사슴 자매의 인형은 그도 모르게 그의 가장 사랑하는 가족이 되어 있었다. 그리고 그의 곁에서 그의 마음을 정화시켜 주는 천사 자매가 되었다. 그는 이들 천사 자매에게 예쁜 이름까지 지어 주었다. 언니는 에리, 동생은 유나라고 불렀다. 그에게는 그 이름만큼이나 예쁘고 귀여운 꽃사슴 천사 자매이다. 그는 습관처럼 늘 혼잣말로 중얼거린다. 그러나 에리와 유나가 탄생하고부터는 이들과 마음속에 담아 두었던 과거나 현재의 상황을 숨김없이 모두 털어놓는다. 그래서 그는 숲속에서 느끼는 외로움이나 그리움이 거의 없어졌다. 그도 모르게 어느새 숲속의 생활이 즐거워진 것이다. 자작나무 푸른 잎사귀 사이로 파고드는 태양빛 줄기가 그의 빛이 되어 가고 있다고나 할까? 그만큼 그의 마음은 평안해졌다. 에리와 유나는 사이좋게 나란히 앉아 있다가도 서로의 얼굴을 마주 보면 시샘 섞인 말투로 곧잘 다투기도 한다.

"언니보다 내가 더 예뻐!"

"아니야 내가 너보다 더 예쁘지!"

하고….

그는 이러한 에리와 유나를 보면 귀엽기도 하고 한편으로는 마음이 흐뭇하기도 하다. 그럴 때마다 그는 숨기려는 듯 한쪽으로 고

개를 돌려서 미소를 지으며 행복감에 빠져든다. 한 번은 유나가 갑자기 그에게

"할아버지! 언니보다 내가 훨씬 예쁘고 잘생겼지요? 그리고 커다란 눈과 오뚝한 코도 그렇고요?"

하고 재촉하듯이 말해서 당황스런 적도 있었다. 그 당시 그는 에리나 유나는 다 잘생기고 예쁘다고 변명 아닌 변명으로 둘러대곤 했다. 그러면서도 '얼마나 자기 얼굴이 보고 싶어 궁금할까? 거울이 있다면 좋을 텐데….' 하는 안타까운 생각이 들었다. 그는 혼자 곰곰이 생각해 보았다. 잠시 후 생각이 그의 머릿속을 스쳐 갔다.

'바로 이거야! 이거란 말이야. 물! 계곡의 맑은 물! 그것이 거울인 거야.'

그는 숲속의 맑은 계곡물에 비치던 꽃사슴 모습이 떠올랐다. 그는 에리와 유나 앞으로 바짝 다가갔다. 그리고

"에리야! 유나야! 우리 숲속에 있는 계곡에 가자. 작품 만들 자작나무 재료도 찾고 너희들에게 거울도 보여 줄 거야!"

그의 말이 떨어지기가 무섭게 에리와 유나는 약속이나 한 듯 동시에

"와!"

하고 손뼉을 치며 소리쳤다. 그리고

"좋아요 우리 할아버지가 최고야! 지금 당장 가요."

하며 그의 손을 붙들고 끌어내듯 잡아당겼다. 문밖은 한낮의 태

흰 백합꽃 펜던트

양빛이 쨍쨍 내리쬐고 극성스럽게도 매미들은 마구 울어 댔다. 마냥 신나있는 편은 에리와 유나이다. 그는 에리와 유나를 데리고 깊은 숲속으로 들어가 계곡에 이르렀다. 계곡에는 맑은 물이 흐르고 펀펀히 낮게 엎드린 바윗돌이 파란 이끼가 낀 채로 물기를 머금고 촉촉하게 젖어 있었다. 물줄기를 따라 곧바로 흘러내려 가지 않고 바윗돌 옆으로 살짝 돌아서 가늘게 스며든 물이 누군가 잠시 가둬 놓은 듯 둥근 손거울처럼 작은 물웅덩이를 만들고 말갛게 담겨 있었다.

"자, 여기가 바로 거울이야. 너희들이 그토록 보고 싶었던 예쁜 얼굴을 볼 수 있는 거울이란 말이야. 가만히 들여다봐! 너희들 얼굴이 비칠 거야."

에리와 유나는 죽은 듯이 숨을 멈추고 작은 물웅덩이에 자신들의 얼굴을 가까이 대고 신기한 듯 빤히 들여다보고 있었다. 그때 그는 자작나무 숲으로 깊숙이 들어갔다. 지난 태풍에 쓰러진 자작나무를 찾기 위해서이다.

여름철의 날씨는 변덕스러울 만큼 수시로 변한다. 특히 장마철에는 그 날씨 변화가 심해서 기상 상태를 예측하기란 그리 쉽지 않다. 갑자기 숲이 어두워진다. 어두워진 숲속에 '번쩍!' 하고 섬광이 스치더니 요란한 천둥소리와 함께 장대비가 쏟아진다. 그는 걱정이 앞서 하던 일을 멈추고 에리와 유나가 있는 계곡의 물가로 허겁지겁 급히 내려왔다.

'아뿔사!'

그가 바라본 물가는 악마의 요정이 갑자기 불어난 물로 계곡을 범람시키고 한순간에 모든 것을 삼켜 버렸다. 그리고 뒤도 돌아보지 않고 거침없이 휩쓸며 낮은 계곡으로 세차게 흘러가고 있었다. 그는 본능적 외마디로

"에리야! 유나야!"

하고 소리쳤다. 그러나 에리와 유나는 보이지 않았다. 그는 물가 주변의 수풀을 마치 굶주린 야수처럼 샅샅이 헤쳤다. 그때 한쪽에서 쓰러진 채 신음 소리가 났다. 에리는 그를 보자 울부짖듯

"할아버지! 유나가 물에 떠내려갔어요!"

하고 소리쳤다. 그는 에리를 부축하고 사정없이 흘러내려 가는 물줄기를 넋을 잃은 상태로 그냥 멍하니 바라보며 힘없이 유나를 불렀다.

3

그는 유나가 실종된 이후부터 그때의 현재(The present in the past)라는 다소 모호하고 애매한 어법의 표현을 쓴다. 그것은 그가 그의 과거를 지금도 여전히 잊지 못하고 현재처럼 생생하게 떠올리고 있다는 증거이기도 하다. 그러나 그는 그때의 현재를 통제할 수 있는 기회와 원만한 관계를 유지할 수 있는 방법을 대부분 상실했다. 이와 같은 사실은 그가 그때의 현실을 모호하고 애매한 어법으로밖에 표현할 수 없는 결정적인 허점이다. 그보다 더 중요한 것은 그가 사랑을 베풀 수 있는 역량을 충분히 발휘하지 못했다는 아쉬움이다. 그래서 그는 아직도 죄책감과 자괴감에서 벗어나지 못하고 있다. 이러한 현상으로 그의 가슴은 항상 슬픔의 그늘로 짙게 드리워져 있다. 아마도 그는 그 숲속을 파고드는 한 줄기 태양빛이 그의 마음의 빛이 될 때까지는 수많은 시간을 슬픔의 도피적 심리

상태에서 지내야 한다. 자연의 평화와 새 생명의 기운이 그의 마음 속에 깃들 때까지 그는 줄곧 그래야 할 것이다.

4

　'행복한 가정은 그 모습이 다들 비슷비슷하지만 불행한 가정은 그 이유가 제각기 다르다'라는 말은 톨스토이의 장편소설《안나 카레니나》에 나오는 첫 문장이다. 행복과 불행은 정반대의 개념이다. 그러나 순서는 일정하지 않지만 행복과 불행은 사람들의 삶과 함께 공존한다. 물론 대부분의 사람들은 이들 두 가지 사실의 공존을 결코 바라지는 않는다. 오로지 불행이 아닌 행복만을 그들의 삶이 되기를 원한다. 그러나 운명의 신은 사람들이 원하는 것처럼 그렇게 호락호락하지는 않다. 시간이 지남에 따라 행복은 일반적으로 그들에게 잊지 못할 추억이 되고 그리움이 된다. 반면에 불행은 각자의 다른 이유가 있는 그들에게 슬픈 과거가 된다. 이러한 슬픈 과거는 현재의 시간 속에서도 오래 남는다. 특히 그것이 충격적인 불행일수록 그 잠재적 슬픔은 더 크게 지속된다. 그러므로 잠재적 슬픔은 언제 어디서나 외부의 환경이나 심리적 상태에 따라 시한 폭탄처럼 폭발할 가능성도 상존한다.

그는 유나의 실종을 계기로 그동안 낙엽처럼 켜켜이 쌓이고 쌓인 과거의 슬픈 감정이 폭발하듯 되살아났다. 지금은 슬픈 과거가된 일이지만 그는 제이를 보며 하나의 위대한 조각상을 꿈꾸었다. 그는 날마다 조금씩 조금씩 완성을 향해 조각되어 가는 그 과정을 보듯 날로 성장해 가는 제이의 어엿한 모습을 지켜보았다. 제이는 그의 소중한 아들이다. 그가 아무 인적도 없는 이 깊은 산중의 숲속에 들어온 것도 따지고 보면 지난날 그의 불행했던 슬픈 기억을 잊고 싶어서였다. 제이는 어린 꽃사슴 유나처럼 고등학교 이 학년의 어린 나이에 그의 곁을 떠났다. 그는 제이와의 행복했던 추억을 많이 가지고 있다. 그때는 제이가 있어서 그의 가정에는 항상 웃음이 그칠 새가 없었고 행복하기만 했다. 특히 제이는 산을 무척 좋아했다. 제이가 중학교 삼 학년 때의 한여름이었다. 그의 가족은 꼭두새벽부터 천안역에서 대전행 새벽 열차를 타고 계룡산 등산길 나들이에 나섰다. 제이는 열차 안에서 형과 함께 카세트 이어폰을 각자의 한쪽 귀에 하나씩 나누어 꽂고 키득거리며 즐거워했다. 그는 그의 아내와 함께 두 아들의 즐거워하는 모습을 보며 더없는 행복감에 잠기기도 했다. 어느새 열차는 소정리역을 지나 전의역에 이르고 있었다. 차창 밖의 푸른 들판에서는 설깬 아침이 흰 홑이불처럼 뿌연 새벽안개를 덮고 발가락을 꼼지락거리듯 그렇게 깨어나고 있었다. 수십 분이 흘러서 시간은 그의 가족을 대전역에 내려놓고 또 다른 화살표 방향을 제시하며 닭 벼슬처럼 생겼다는 계룡산으로 안내했다. 계룡산 입구의 광장에 도착하자마자 제이는

"아! 계룡산이다! 저 산꼭대기 좀 봐! 신기하네. 산봉우리가 마치 닭 벼슬 같아."

하고 형을 자기 앞으로 끌어당기며 검지를 펴서 산봉우리 쪽을 가리켰다. 그의 가족은 누구의 명령도 구호도 없이 한동안 부동자세로 서서 산봉우리를 바라보았다. '꼬끼오!' 하고 금방이라도 닭 울음소리가 들리는 듯했다. 제이는 뚜껑이 없는 하늘색 차양 달린 모자를 쓰고 반바지에 배낭을 메었다. 그리고 그는 운동회 때 쓰던 운동 모자에 제이처럼 역시 반바지를 입었다. 또한 그의 아내는 반바지에 둥근 모자, 큰아들은 긴 청바지에 둥근 등산모를 썼다. 이쯤 되면 아마추어 등산객의 시늉은 대충 갖춘 셈이 되었다. 그는 가족과 함께 계룡산의 정상을 정복할 작정으로 산에 오르기 시작했다.

5

    계곡에는 색색의 텐트가 제멋대로 방향을 달리하며 설치되어 있었다. 텐트 밖에는 반라의 젊은이들이 하양, 노랑, 파랑 등의 긴 수건을 목에 걸고 취사를 하고 있었다. 바짝 달라붙어 앉아서 기타를 치며 노래를 부르는 젊은 남녀의 발랄한 모습도 아름답게 보였다. 어느 정도 계곡을 오르다 보니 넓고 맑은 물웅덩이가 그의 발걸음을 멈추게 하였다. 주위에는 넓은 바위가 누워 있는 듯 펼쳐져 있었고 물웅덩이는 둥근 손잡이 거울처럼 그의 가족의 모습을 물속에 담아 주었다. 그의 가족은 이곳에서 자리를 잡기로 하고 제이의 배낭에서 취사도구를 모두 꺼내어 취사를 시작했다. 반나절까지를 이곳에서 보냈다. 집을 떠나 계곡에서 점심을 먹는 음식 맛이라니 경험하지 않은 사람들에게는 구태여 말할 필요조차 없을 것이다. 그는 가족 나들이를 잘했다는 생각이 몇 번이나 들었다. 가족이 한데 모여서 대화할 수 있게 된 것은 큰 소득이었다. 그보다 더 중요한 것은 그동안 잊어버릴 뻔했던 가족의 공동체 의식의 회복이었다. 말이 나왔으니 말이지 그동안 그의 가족은 각자의 생활에 쫓기며 살아왔다. 그는 그대로 가족과 떨어져 살아왔고 그의 아내는 아내대로 생활에 지쳐 있었으며 큰아들과 제이는 사춘기의 거센 갈등과 좌절을 극복해야 했던 것이다. 따라서 그의 가족은 그동안 가정의 따뜻함보다는 대화가 차단된 냉기류 상태에서 생활해 온 셈이었다. 그런데 이러한 가족 나들이는 가족의 냉기류 상태를 온기류 상태로 변환시키는 계기가 되었다. 가족의 봉숭아꽃 웃음을 다시 한번 터트리게 된 것이다. 점심 식사를 마치고 그의 가족은 계룡산에서 가장 높다는 천황봉에 오르기로 했다. 글자 그대로 하늘에서 천황이 내려와 머물렀다는 천황봉인가? 그는 나름대로의 신비감에 빠져 보기도 했다. 그러나 그의 아내는 끝내 다리가 아프다는 핑계로 천황봉을 정복할 좋은 기회를 포기하고 말았다. 그는 짜증스러울 정도로 못마땅했다. 그렇지만 그는 꾹꾹 참기로 했다. 그는 평소 산을 좋아하기 때문에 등산 부부를 선망해 왔다. 그런데 아내의 건강이 이 정도라면 그것도 헛된 망상이 되는 것이 아닌가? 그는 마음속으로 두런거리며 큰아들과 제이와 함께 천황봉 등산길에 올랐다. 간단한 음료수를 챙기고 긴 수건을 목에 걸친 두 아들의 건장한 모습이 당당하게 보였다. 삼 부자는 산 중턱까지 올랐다. 등산로가 험하여 가슴이 꽉꽉하고 갈증이 심해지기 시작했다. 하늘을 찌를 듯 빽빽하게 들어선 나무숲이라서 시원한 바람도 있으련만 한여름의 찜통더위를 믹서기에 갈아 내는 듯 매미 소리마저 지겹게 들렸다. 이러한 상황에서는 아무런 체면도 생각할 수 없었다. 하나만 걸쳤던 얇은 티셔츠도 홀랑 벗어던지고 짧은 바짓가랑이도 올릴 때까지 올려 감았다. 벌써 큰아들과 제이는 그와는 상당한 거리 차로 앞서서 올라가고 있었다.

6

그는 더 이상 올라갈 수 없어 땅바닥에 반쯤 누운 자세로 패잔병처럼 있었다. 이윽고 두 아들의 정상 정복을 알리는 "야호! 야호!" 소리가 나무숲 사이로 들려왔다. 그는 다시 등산길에 올랐다. 그러나 삼사 미터도 못 올라가서 쉬어 가야 했다. 올라가는 거리는 짧고 쉬는 시간은 길어졌다. 이것은 정상 정복의 포기로 가는 증상이었다. 체력의 한계였다. 이따금 정상에서 내려오는 젊은이들은 그에게 격려의 말을 던져 주고 지나갔다. 그럴 때마다 그는 어린아이처럼 응석을 부리듯 여기서 정상이 얼마나 남았느냐고 묻곤 했다. 한참 동안을 포기와 정복의 갈등에서 헤매고 있을 때 두 아들이 미끄러지듯 빨리 내려왔다. 아빠 구출 작전이었다. 큰아들은 엄마가 있는 산 아래로 계속 내려갔고 제이는 축 늘어진 그의 어깨를 부축하며 정상 정복을 재촉했다. 그는 정상 정복을 더 이상 포기할 수 없었다. 결국 그는 제이와 함께 정상 정복에 성공했다. 천황봉 정상에는 오랜 세월의 모진 풍우에도 견디 어 낸 키가 짤막하고 줄기가 굵은 나무들이 울타리처럼 단단하게 얽혀 숲을 이루고 있었다. 한복판에는 누각이 있고 그 옆에는 빛바랜 천황봉 표지의 돌비석 한 개가 묵묵히 서 있었다. 정상에서 내려다보이는 산사의 지붕이 안개에 파묻혀 아름답게 보였다. 하늘에는 흰 구름이 아름다운 경지를 넘어 신비감을 더해 주고 있었다. 그는 제이와 함께 바윗돌에 걸터앉아 천상의 신비를 꿈꾸며 깊은 사색에 몰입되고 있었다. 그리고 잠시 후 그는 다시 하늘을 우러러보고 산 아래의 세상을 내려다보며 어느 시인의 시 한 구절을 떠올렸다. '나 하늘로 올라가리라 아름다운 이 세상 소풍 끝내는 날…' 그러던 그 시간, 높이 솟은 중세 교회의 종탑에서 하늘을 향해 영혼의 종소리가 울려 퍼지듯 그의 순수한 내부의 소리가 그렇게 울리며 하늘을 향해 퍼져 나가고 있었다.

7

사람의 운명은 신에 의해 이미 결정되어 있거나 아니면 신의 즉흥적인 판단에 따른 오류의 결과이거나 두 가지 중 하나이다. 사람은 그 운명에 순응해야만 하는 것일까? 아니면 거부할 수는 없는 것일까? 물론 거부할 수도 없고 그것은 신에 의해 용납될 수도 없는 일이다. 그러나 분명한 사실은 사람이 스스로 결정할 수 없다는 것이다. 그렇다면 원초적으로 사람은 신의 피조물이라는 가정을 인정할 수밖에 없는 것이 아닌가? 그러므로 사람은 이러한 절대적 약점을 가지고 태어났다는 것인가? 그는 이와 같은 질문을 자신에게 수없이 던지고 있다. 이렇게 그는 운명이라는 말의 꼬리에 의문 부호를 연달아 붙여 가고 있는 것이다. 왜 그러는 것일까? 그것은 그가 죽음이라는 말을 그것도 예측할 수 없었던 죽음을 쉽게 꺼내는 결단이 서지 않았기 때문일 것이다. 그는 그가 가장 소중히 사랑했던 제이의 갑작스런 죽음을 아직도 믿고 싶어하지 않는다. 죽음이 운명이라면 그것이 충격적인 뺑소니 음주 교통사고에 의한 죽음이었다면 그 누가 그 운명이란 말에 의문 부호의 꼬리표를 달지 않을 수가 있을까? 그리고 그런 죽음을 쉽게 믿고 신의 운명이라는 말로 합리화시킬 수 있겠는가? 지금도 그의 가슴은 제이의 죽음에 대한 원망과 분노로 무언중 항변을 멈추지 않고 있다. 그 대상은 의문 부호 속에 차치하고서라도….

　제이의 사고 소식을 들은 그날은 초겨울의 밤비가 차창을 두들기며 주룩주룩 흘러내리고 있었다. 경부고속도로를 달리며 제발 살아 있기만을 바랐던 그의 간절한 기도도 현관문을 들어서는 순간 헛되었음을 알았다. 그의 아내는 실신 상태였고 그 주위에는 동네 아주머니들이 멍하니 서로의 얼굴만 쳐다보고 있었다. 후들후들 떨리는 다리를 겨우 가누고 다가서는 그에게 그의 아내는 초점 잃은 시선을 하고 애끓는 목소리로 제이의 죽음을 알려 주었다. 그는 그 말을 듣고 눈알이 빠져나올 듯 펑펑 쏟아져 나오는 눈물을 주체할 수 없었다.

8

그가 제이의 시신이 안치된 순천향병원에 도착한 것은 새벽 한 시가 넘어서였다. 제이는 아무도 없이 텅 빈 안치실 박스에 입을 굳게 다물고 눈을 감은 채 누워 있었다. 무거운 침묵의 정지 상태, 그대로의 죽음이었다. '아빠 보고 싶어 내일모레면 서울에 온다고 했던 너였는데….' 그는 어처구니없는 제이의 죽음 앞에 갈기갈기 살을 찢기는 슬픔과 뼛속을 갉아 내는 고통으로 서 있어야만 했다. 인생의 무상함을 느끼는 것조차도 느낄 수 없는 현실적 정황이 제이의 손을 잡아 보는 것도 애절하게 제이를 부르는 외마디 소리도 결코 현실이 아닌 꿈속이었다. 그의 정신을 바로 세우기에는 너무도 몽롱한 착각의 순간들이 짙은 안개처럼 깔려 있었다. 금방이라도 제이가 떠들썩한 목소리와 환한 웃음을 하고 일어날 것만 같았다. 그러나 제이는 끝내 조금의 움직임도 표정도 없는 죽음의 굴레에 너무도 단단하게 속박되어 있었다. 그 곱고 발랄했던 육신도 쓸모없이 되어 버렸고 그 속에 넘쳐 흐르던 생명의 활력도 찾을 수 없었다. 다만 그의 가슴에 제이의 영혼의 화살이 꽂혔을 뿐…. 그래서 그의 가슴은 한없이 슬프고 아프기만 했다. 날이 밝아 오르자 제이의 형은 평소 제이가 즐겨 입던 청 잠바에 가방끈이 보이는 영정을 마련했다. 그는 그 앞에서 향불을 피웠고 향연이 위를 향해 끝없이 퍼져 나가는 것을 보았다. 아마도 그것은 제이의 영혼을 찾아 달려가는 그의 슬프고도 슬픈 가슴이었으리라. 그는 제이의 영정을 바라보며 독백처럼 뇌까렸다.

'제이야! 너는 그토록 거추장스럽던 육신의 피각을 이제는 완전히 벗어 버렸단다. 너는 더없이 자유스럽고 꿈이 가득 찬 영원의 세계로 갔단다. 네가 항상 즐겨 부르던 팝 가사처럼 인생은 바람에 흩날리는 먼지와 같은지도 모른단다. 사랑하는 나의 아들, 제이야! 아빠의 가슴에 꽂힌 네 영혼의 화살! 아빠는 아무리 슬프고 아프더라도 이 생명이 끝나는 날까지 그리고 너를 천상에서 만날 때까지는 결코 그 화살을 뽑을 수가 없단다. 부디 편히 잠들 거라. 편히 쉬거라. 아빠와 만날 때까지….'

사람이 세상에 태어나서 삶의 기간을 다하고 떠나게 되는 것은 정한 이치이다. 그럼에도 불구하고 허무하고 안타깝고 두려운 것은 어쩔 수 없는 인간의 슬픈 상정이다. 그러나 부모보다 자식이 먼저 세상을 떠난다는 것은 슬픔의 도를 넘어 차라리 따라 죽어 가는 고통 이상의 것이다. 제이는 한창 성장하고 공부하고 푸른 꿈을 모을 어린 나이에 비운의 종말을 맞았다. 그는 생전에 제이의 성장 과정을 곁에서 지켜보았다. 그는 미래에 소망하는 조형물이 완성을 향해 조금씩 만들어져 가듯 제이의 성장 과정을 보며 흐뭇하게 생각했다. 그러기에 그에게 제이는 소중한 존재였다. 그의 아내가 제이에게 거는 기대도 마찬가지였다. 그런데 제이의 갑작스런 죽음은 아내에게도 감당할 수 없는 너무나 큰 슬픔이었다. 제이를 떠나보내고 나서 그의 아내는 슬픔과 고통 속에서 나날을 지내며 정신적으로나 육체적으로 완전히 황폐해졌다. 이러한 심정은 아내의 일기장에 절절히 기록되어 있다.

아내는 제이를 떠나보낸 후 첫 번째 어버이날을 맞았다.

— 제이야! 창문이 환한 것을 보니 날이 밝았나 보다. 오늘은 어버이날이란다. 특별한 날이라서 그런지 온갖 감정이 교차하는구나. 네가 있을 때는 이 엄마의 마음은 항상 부자였고 하나도 남부러운 것이 없었단다. 너의 사십구재 때 신부님은 새벽 미사의 강론에서 잃어버린 반쪽보다 남아 있는 반쪽에 더 감사하고 소중히 여길 줄 알아야 한다고 말씀하셨다. 그래, 너는 이미 이 세상을 떠나없고 이 세상에는 네 형이 남아 있지. 남아 있는 네 형을 소중히 여겨야 한다는 것을 엄마는 잘 알고 있단다. 하지만 인간은 자기 마

음을 마음대로 못 하는 어리석음이 있단다. 제이야! 엄마는 너를 떠나보내고 서러움과 고통으로 뼈가 저리고 살이 타들어 가는 나날을 보내고 있단다. 하루라도 빨리 너의 곁으로 달려가고 싶구나, 그러나 불쌍한 네 형이 있지 않니? 그리고 괴로워하시는 아빠도 있지 않니? 이럴 수도 저럴 수도 없는 엄마란다. 제이야! 너무 슬퍼 마라. 기다리고 있거라. 보고 싶은 내 아들아! ─

아내는 창밖에 내리는 빗줄기를 바라보며 제이를 찾고 있다. 빗줄기를 헤치고 제이가 올 것 같다. 그러나 제이는 아내의 가슴속 깊은 데에서 산다. 아내의 가슴속에서도 비가 내린다. 아내는 애끓는 소리로 제이를 부르고 있다. 아내의 가슴은 슬픈 바다이다. 아내는 그 슬픈 바다의 파도 소리, 빗소리가 혼선된 고통의 섬에 스스로를 가둬 놓고 운다. 빗속을 헤매며 농아처럼 목 놓아 울고 있다.

─ 제이야! 창밖에는 비가 내린다. 엄마의 눈물인가, 너의 눈물인가, 서러운 눈물처럼 비가 내리는구나. 사랑하는 내 아들아! 너는 이 엄마의 목숨보다 더 소중한 아들이었다. 그러기에 엄마는 이렇게 울고 있단다. 한 번 네 뜻을 펼 수 있도록 해 주기 위해서 엄마는 옷 한 벌 제대로 걸치지 못하고 손발이 닳도록 이곳저곳을 아침저녁으로 뛰어다니지 않았니? 그때는 태양처럼 우뚝 솟을 너를 상

상하며 즐거웠단다. 그러나 너를 떠나보낸 지금, 엄마는 숨 쉬는 것 자체가 모순이구나. 제이야! 너는 어디 있느냐? 보고 싶다. 엄마는 빗속을 헤매며 너를 찾고 있단다. 엄마의 가슴은 터질 것만 같구나. ―

9

비가 온다. 제이가 금방이라도 빗줄기를 타고 내려올 것만 같다. 아내는 제이의 꿈을 간절히 원한다. 제이를 한 번만이라도 만나고 싶어서이다. 그런데 잠이 오지 않는다. 뜬눈으로 밤을 지새울 것 같다. 그런데 새벽에 잠시 꿈을 꾸었다. 순식간의 일이다. 제이가 찾아온 것이다.

— 제이야! 오늘 새벽 꿈속에 네가 다시 살아서 엄마 곁에 돌아왔구나. 머리가 좀 깨진 모습으로 말이다. 엄마는 너무도 반가워서 너의 상처 난 머리를 가슴에 끌어안고 얼마나 울었는지 모른다. '얼마나 놀랐을까? 그리고 얼마나 아팠을까?' 엄마의 가슴은 한없이 안타깝고 슬펐단다.

"엄마, 나 이젠 기억력도 옛날 그대로 되살아났어요. 학교 선생

님께서도 나를 보면 놀랄 걸. 팔월에 수학 능력 검사도 잘 볼 수 있을 거야."

"그래, 내년에 대학에도 갈 수 있겠구나."

"그럼요."

제이야, 너는 살아 있을 때 그대로의 웃는 모습으로 엄마에게 말했다. 엄마는 꿈을 깨고 나서도 한동안을 멍하니 천장만 쳐다보았단다. 이것이 현실이라면 얼마나 좋을까? 엄마가 이처럼 애타고 있으니까 네가 찾아왔구나. 아빠도 네 꿈을 꾸었단다. 네 영혼이 찾아온 것이 틀림없구나. 사후 세계! 제이야, 정말 있는 거지? 엄마, 아빠는 너를 떠나보낸 후 항상 이런 말을 한단다.

"우리 인생은 이제 끝이 난 것이오. 그러나 큰애가 홀로 설 때까지는 살아야 해."

어쩌다가 네가 떠나 우리 가정이 이렇게 되었단 말이냐? 너의 웃는 사진들을 보면 엄마는 너무나 가엾고 슬프단다. 가방을 메고 학교에 갈 네가 어딜 가고 이 엄마의 가슴을 이토록 찢어지게 하는 거냐? 밖에는 주룩주룩 비가 내리고 있구나. 네가 떠나던 날도 비는 이렇게 내렸었지. 서럽고 서러운 비가···. —

제이는 금강하구의 작은 항구 장항에서 태어났다. 따뜻한 서남골 가정에서 머물고 웃음과 평화를 주며 최초의 언어와 걷기를 배웠다. 그 후 천안에서 유년기, 학동기, 사춘기를 보내고 짧은 생을 마감했다.

금강하구는 제이가 한 줌의 재로 흩뿌려진 곳이다. 그래서 그와 그의 아내가 항상 찾아가는 슬픈 강이다. 이 강에서 그와 아내는 슬픔으로 황폐된 가슴을 여미고 제이와의 추억의 만선을 기다린다. 금강에 촘촘히 비가 내리고 그 비가 강 속을 깊숙이 파고든다. 그리고 그 비는 깊은 물을 강물 위로 솟구쳐 낸다. 제이의 웃음처럼 파륜을 일으킨다. 그리고 이내 그 강물은 강둑의 바위 벽까지 차오른다. 그럴 때마다 갈매기들은 정처를 잃고 처연히 난다. 아내의 가슴은 슬프기만 하다. 아내의 눈물은 끝없이 흘러내리고 시선을 흐린다. 슬픔은 아내의 가슴과 머리를 점하며 그물처럼 얽매고 고통의 핏줄로 가득 채워 흐른다. 그러나 먼 바다에서 파도를 가르고 제이의 추억의 만선이 밀물 따라 밀려올 때면 아내는 조용히 눈을 감는다.

금강은 그가 제이와 같은 학창 시절, 화촌 나루에서 황포돛배를 타고 군산항을 향해 지나던 뱃길이었다. 그때는 그의 아버지의 간절한 소망과 그의 꿈이 한데 흐르던 강이었다. 그러나 세월이 흐른 지금은 그때 그만한 나이의 사랑하는 아들이 비운에 떠난 슬픈 강이 되었다. 이 강물에는 제이의 환한 웃음이 늘 잔상으로 떠 있다. 그리고 그와 아내의 영원한 기도가 흐른다.

— 제이야! 오늘은 엄마, 아빠가 장항선 열차를 타고 너를 만나

러 왔다. 금강하굿둑! 이곳은 너를 떠나보낸 곳이라서 너무도 슬픈 곳이란다. 이른 아침, 열차로 서울을 출발하여 이곳에는 낮 열두 시쯤에 도착했다. 마침 밀물이 들어오고 있었다. 엄마의 눈에서는 눈물이 마구 쏟아져 나와 앞을 볼 수가 없었다. 밀려드는 강물 어디선가

"엄마!"

하고 부르는 너의 목소리가 들려오는 것 같았다. 엄마는 목메어서 너를 부를 수도 없었단다. 잠시 후 밀려드는 파도를 손가락으로 한 가닥 두 가닥 헤치듯 들여다보았다. 너는 찾을 수 없었다. 너의 목소리도 들을 수 없었다. 제이야! 너는 이 엄마의 슬픈 가슴을 알고 있느냐? 한창 성장하고 공부하고 푸른 꿈을 펼칠 나이의 너에게 신은 운명의 시간적 연장을 조금도 허락하지 않았단 말이냐! 너는 항상 신에게 감사한다고 하지 않았느냐? 엄마는 이러한 신이 한없이 원망스럽단다. 그러면서도 신께 매달릴 수밖에 없는 미약한 존재, 인간이란다. 잠시 후 신기한 일이 생겼다. 강물 속에서 커다란 물고기 한 마리가 솟구쳐 나와 포물선을 그리고 이내 사라졌다. 그것을 보고 아빠는 네 영혼이 보낸 표시일 거라고 했다. 그리고 못내 아쉬워 또 기다리고 있는 것 같았다. 만약 네 영혼이 있다면 엄마와 아빠의 애타는 모습을 보고 네가 그대로 있을 리는 없을 거다. 어떠한 형태로든지 너는 나타났을 것이다. 엄마는 잘 알고 있단다. 네가 집에 조금만 늦어도 엄마에게 전화로 너는 설명하지 않

왔니. 너는 적극적이고 긍정적인 성격을 타고나서 항상 남들 앞에 나서기를 좋아했었지. 네가 좋아하는 크림빵도, 과자도, 약식도, 음료수도 가져왔단다.

"엄마! 내가 좋아하는 걸 어떻게 알았어요! 엄마, 감사합니다!"

하고 맛있게도 먹고 있을 네 모습은 찾을 수 없구나. 엄마의 눈물만이 펼쳐 놓은 음식을 적시고 있단다. 이러한 엄마의 모습을 보고 아빠는 이렇게 위로해 주었단다.

"살아서는 이 세상에 큰아들이 있고 죽어서는 저세상에 제이가 기다리고 있으니 너무 슬퍼하지 마시오."

제이야, 그렇겠지? 네가 기다리고 있는 것이 틀림없겠지? 보고 싶구나. 내 아들, 제이야! 이 엄마 한 번만이라도 보고 싶구나. 안아 보고 싶구나. 또 네가 보고 싶어지면 엄마 아빠는 언제든지 찾아올 거야. 밀물처럼…. ―

흰 백합꽃 펜던트

10

　그와 아내가 천주교에 다니게 된 것은 제이의 친구, 시그 때문이다. 시그는 중학교 삼 학년 때부터 제이와 친해졌다, 시그는 개성이 강하고 공부도 반에서 수석을 차지할 정도로 잘한다. 시그는 내성적이고 자존심이 강해서 함부로 친구를 사귀지 않는다. 반면에 제이는 성격이 쾌활하고 사교적이어서 누구나 쉽게 친구가 된다. 제이와 시그가 친구가 된 결정적인 계기는 제이가 학교에 스케이트보드를 가져온 그때부터이다. 친구들은 제이의 스케이트보드에 관심을 보였고 다투어 서로 먼저 타려고 했다. 그러나 그때도 시그는 자존심이 허락하지 않았다. 한 번은 교실에서 친구들과 술래놀이를 할 때였다. 시그가 갑자기 몸을 낮추는 바람에 제이가 교실 바닥에 쓰러졌다. 물론 책상도 밀려 쓰러졌다. 시그는 가슴이 철렁했다. 두려움이 앞서 제이에게 다가가 제이의 두 손을 잡아 일으켰다.

"괜찮아? 다친 데는 없어?"

"괜찮아, 아무렇지 않아."

제이는 피식 웃으며 쓰러진 자리에서 일어났다. 시그는 제이를 자세히 살펴봤다. 괜찮은 게 아니었다. 충격이 상당했다는 증거는 제이의 청바지에서 나타났다. 제이의 청바지 밑단 부분이 오 센티 정도 찢어졌다.

"이거 어쩌나 청바지가 찢어졌잖아!"

시그는 미안해서 어쩔 줄 몰랐다.

"괜찮아, 괜찮다니까 요즘 찢어진 청바지가 유행이잖아. 오히려 잘됐네 뭐!"

하고 제이는 웃으며 시그의 어깨를 가볍게 두어 번 두들겼다. 그 이후부터 시그는 적극적으로 제이에게 접근하기 시작했다. 남들 눈에 띄게 사이좋은 친구가 되었다. 주말마다 스케이트보드를 옆구리에 끼고 독립 기념관에 갔다. 한적한 둘레 길에서 스케이트보드를 신나게 탔다. 그리고 제이와 시그는 록과 팝에 대해서도 서로의 정보를 주고받으며 감상도 함께 했다. 시그의 실력도 대단했지만 제이는 그 수준을 뛰어넘어 광범위한 영역까지 섭렵하고 있었다. 제이는 처음에 영어를 배우기 위해 시작한 것이었다. 그의 아내는 이러한 제이와 시그 사이의 가까운 거리를 통제하기도 했다. '혹시 제이와 시그 사이가 너무 깊어져 공부에 지장이 생기지나 않을까?' 하는 걱정 때문이었다. 이러한 일들은 흔히 있는 사춘기 우정이다. 그러나 아내는 도를 넘어서는 것이 아닌가 하고 의심의 눈초리로 지켜보고 있는 것이다. 이들은 심지어 밤에도 만나고 수시로 전화도 했다. 시그는 제이를 엘비스 프레슬리와 생김새가 비슷하다고 추켜세우기도 했다. 외모도 훤칠하게 잘생기고, 키까지 커서 쭉 빠지고, 특히 느끼한 웃음까지도 빼다 박았다고 생각했다. 시그는 해양소년단 제복을 입은 제이를 보고 부러움을 감추지 못했다. 누구나 자기만의 특징이 있기 마련이다. 시그에게도 탁월한 판단력과 지적인 눈빛이 있다. 그것은 제이도 인정하는 누구 못지않은 시그의 매력이고 장점이다. 그래서 이들 제이와 시그는 서로 보완적 우정 관계를 유지하는지도 모른다. 제이와 시그의 우정은 고등학교 때까지도 계속 유지되었다. 비록 학교는 서로 다른 곳에 배정되었지만 이들의 우정은 이와는 상관없이 더욱 깊어졌다.

시그가 고등학교에 들어간 후 제이와의 첫 만남이 있었다. 그때의 느낌을 시그는 '달로 가는 길'이라는 글에서 이렇게 적고 있다.

— 내 앞에 서 있는 제이는 내 기억 속의 제이와는 많이 다르지 않았다. 상대방을 긍정적으로 만드는 마법 같은 힘, 자로 잰 듯 반듯하면서도 게으른 오후의 태양 같은 여유로움, 이전과 다른 점이라면 그러한 제이의 분위기가 더욱더 성숙한 깊이를 지니고 있다는 것… 검은 단화에 회색 바지와 짙은 남색 재킷 교복, 하얀 해양소년단 옷을 입고 있던 소년이 새 시간을 짊어지고 또 다른 모습으

로 변신해 있었다. ―"

    그리고 제이의 영어 연설 대회 참가, 영어 동아리 연극 공연, 응원 단장 등 제이의 학교 활동을 듣고서는

'금사슬이 달린 멋진 제복을 입고 손과 발을 휘휘 저으며 다른 학생들 앞에서 응원하는 제이를 그려 보았다.'라고 적었다. 시그는 제이가 떠나기 며칠 전만 해도 제이와 사춘기의 갈등을 함께 고민하며 추운 겨울밤을 야외에서 꼬박 지새웠다. 그리고 제이의 죽음을 그 누구보다도 슬퍼했다. 제이의 영정 앞을 지키며 향불을 피웠다. 시그는 마지막 떠나는 제이의 관 속에 자기가 지니고 있었던 십자가 묵주를 넣어 주었다. 제이가 평소에도 '진정한 친구는 지금 시그 한 명이면 족하다'라고 한 말이 빈말은 아니었다. 시그는 '달로 가는 길' 마지막 부분에서 이렇게 끝맺었다.

   ― '…제이가 윙크했다. 엘비스 프레슬리의 느끼한 미소와 함께 나는 제이 곁에 가만히 누웠다. 따뜻하고 포근했다. 한때 우리 위에서 찬란하게 빛났던 독립 기념관의 투명한 가을 햇살처럼 제이가 물었다.

"너는 왜 여기 있어?"

나는 가만히 눈을 감고 말했다.

"네가 좋으니까……."

제이가 싱겁다는 듯 피식 웃었다. 그리고 말했다.

"걱정하지 마, 난 사라지지 않아. 이렇게 네 안에 웃고 있는걸? 슬퍼하지도 마, 난 떠난 게 아냐. 네 기억 속에 네 마음속에, 네 삶의 길 위에 난 항상 함께 있어."

입가에 미소가 번졌다. 내 안의 자리 잡은 삶의 의무가 고요한 촛불처럼 따뜻하게 빛났다.' —

그의 아내가 성당에서 세례를 받는 날이다. 십자가 고상 앞에 촛불이 켜졌다. 정결한 제단이 마련되었다. 신부님이 두 손을 모아 기도를 올리고 신앙의 신비가 거행되었다.

— '주님, 내 안에 주님을 모시기에 합당치 않사오나 한 말씀만 하소서! 내 영혼이 곧 나으리이다.'

성체 성가가 성당 안에 은은히 퍼졌다. 성체는 그리스도의 몸으로 기억되어 신자들에게 나누어졌다. 아내는 사랑하는 아들의 죽음으로 주님을 처음 알았다. 아내의 이마에 성유로 십자가를 그었다. 그리고 아내는 주님의 성체를 가슴 안에 모셨다. 세상에서 찢긴 가슴과 피곤한 육신을 버리고 오로지 아내의 영혼은 하느님께로 달려갔다.

'어서 인자로우신 당신의 품 안에 받아 주소서. 내 영혼이 거듭나게 하소서. 거기 내 사랑하는 아들의 영혼이 기다리나이다. 천주여, 우리 제이를 불쌍히 여기소서, 세상에서 하고 싶은 일도 많았고 꿈도 컸습니다. 가정에는 웃음과 평화를 주었고 친구 간에는 우정을 나누었습니다. 천주여, 우리 제이를 불쌍히 여기소서. 너무도 짧은 생을 살다 갔습니다. 당신의 뜻으로 불려 갔으니 우리 제이, 천국 문에 들어 영원한 생명과 안식을 얻게 하소서. 성모 마리아님, 천주와 함께 계신 이여, 나 또한 천주의 빛난 얼굴을 뵙는 날, 우리 제이와 함께 만나도록 천주께 빌어 주소서!' ―

― 제이야! 오늘은 성당에서 받아들이는 예식이 있었단다. 엄마의 본명은 '베로니까'로 정했단다. 수녀님께서 대모님을 정해 주셨는데 엄마 대모님은 얼마나 멋쟁이시고 예쁘고 똑똑한 분이신지 아니? 연세도 많으신데 아주 젊은 분 같으시단다. 이 엄마에게는 너무도 감사하고 분에 넘치는 분이시구나. 아마도 네가 훌륭하신 대모님을 만나도록 주선해 주었을 것으로 안다. 받아들이는 예식을 하는 동안에도 엄마는 계속 네 생각에 잠겨 눈물을 흘렸단다. 우리 제이를 하느님 곁으로 인도해 주시라고 기도를 했단다. 엄마도 어서 기도하는 법을 배워서 우리 제이를 천국에서 즐겁고 행복하게 살도록 열심히 기도해야겠다. 이 엄마의 숨이 멈추는 날까지….

제이야! 훌륭하신 대모님을 모시게 되니 엄마도 그분처럼 그 뒤를 따르고 싶단다. 그러나 아직도 네가 없는 슬픔으로 엄마의 가슴은 가득 차 있단다. 이렇게 좋은 일을 만나면 더욱 그렇구나. 네가 살아 있을 때는 너 따라서 웃던 엄마가 어쩌다가 이렇게도 슬픈 고통으로 살아야 한다니. 너는 순간의 판단력이 뛰어나고 낙천적이어서 주위 사람들로부터 호감을 사는 대상이었지. 엄마는 항상 마음이 흐뭇했고 네 장래에 대한 예측 또한 희망적이었단다. 부디 천상에서 마음껏 네 자유와 꿈을 펼쳐 보려무나.

11

제이가 떠난 후 그의 아내는 매일 슬픈 일기를 쓴다. 그 일기는 아내의 창호지 같이 바래진 가슴에 그녀의 혈액으로 쓴다. 아내가 쓰는 일기장은 항상 슬픔으로 촉촉이 젖어 있다. 그래서 아내의 일기는 그 누구도 펼쳐볼 수 없다. 그 얼룩지고 번져 있는 아내의 슬픈 일기는 아내의 혈액이 모두 마르는 날 끝날 것이다. 그 아내의 슬픈 일기를 누가 읽을까? 아내는 하루도 빼놓지 않고 꼬박꼬박 일기를 쓴다. 아내는 자신의 혈액이 날마다 줄어드는 줄도 모르고 쓴다.

핀란드에서 메아의 우편물이 왔다. 그 안에는 제이의 해설이 담긴 팝송 카세트테이프와 메아의 위로 편지가 들어 있었다.

— '친애하는 제이 가족에게

나는 지금 나의 여동생 헬리와 함께 슬픈 마음을 어떻게 당신에게 말할지 모르겠어요. 그토록 젊은 나이에 소름 끼치도록 비참하게 제이가 이 세상을 떠났다는 소식을 듣고 정말 충격적이었어요. 나와 제이는 일 년 동안을 서로 편지를 주고받았어요. 그러면서 제이로부터 많은 것을 배울 수 있었답니다. 내게 있어서 제이는 가장 진실된 친구였고 나의 가장 훌륭한 펜 친구였습니다. 나는 제이를 통하여 제이가 낙천적이고 인정 많고 재치 있고 믿음성 있고 유머 감각이 뛰어나며 매우 신사적인 소년이었음을 알았고 그것을 또한 배웠답니다. 우리들은 가장 가까이 있던 친구를 이제 영영 만날 수 없게 되었다는 것이 도무지 이해할 수 없고 믿어지지 않는군요. 제이는 우리들에게 진실로 소중한 존재였어요. 그러나 제이는 우리 곁을 떠나고 없다는 것이 현실로 되었습니다. 그러기에 우리들은 더 이상 슬퍼만 하고 울부짖을 수는 없잖아요. 물론 당신과 당신의 가족들에게는 이것이 아주 어려운 일이라는 것도 우리는 잘 알고 있답니다. 그래서 나는 당신에게 하느님의 축복과 행운이 깃들기를 바랄 뿐입니다. 나는 이와 같이 소름 끼치는 슬픔에서 빨리 벗어나는 최선의 방법이 없다는 것을 잘 알고 있어요. 그렇지만 우리는 이러한 슬픔을 극복할 수 있게 해 달라고 하느님께 도움을 청하여 기도할 수는 있을 거예요. 고통은 우리를 더욱 강하게 만들 수도 있습니다. 그리고 기억은 살아 있고 생활도 계속됩니다. 나는 제이가 너무 오랜 시간을 우리들이 슬퍼하며 생활하는 것을 좋아하지 않을 것이라고 확신하고 있어요. 제이의 갑작스런 떠남은 우리가 그 이유를 찾을 수 없다고 생각해요. 우리는 우리가 떠날 때를 결코 알 수 없잖아요. 그래서 우리는 항상 이 세상을 떠날 준비를 하지 않으면 안 됩니다. 나는 당신의 가족을 진심으로 칭찬하고 싶습니다. 훌륭하고 즐거운 가족이 아니고는 제이와 같이 그토록 오래 기억에 남는 소년을 성장시킬 수 없으니까요…. 여기 두 편의 제이가 보내 준 편지를 복사해서 보냅니다. 하나는 나에게 보내 준 것이고 다른 하나는 헬리에게 보내 준 편지예요. 우리는 제이의 편지를 오래 간직하고 싶어요. 제이는 우리에게 아주 소중하기 때문입니다. 그리고 제이가 헬리에게 보내 주었던 카세트테이프도 보냅니다. 우리는 그것 또한 소중히 간직하기 위해서 하나를 복사해서 남겨 놓았어요. 나는 당신에게 행운과 이 슬픔에서 하루 빨리 극복되기를 바랍니다.' ―

메아는 제이가 일 년 동안 펜팔로 맺은 핀란드 여자 친구이다. 그의 아내는 메아에게 제이의 기억을 남기기 위해서 제이의 카세트테이프를 보내 달라고 요구했었다. 메아와 헬리는 제이에게 소중한 우정의 친구였다. 아내는 제이의 곁에서 이들과의 우정을 지켜보았다. 이 모두가 그녀에게는 제이를 생각하게 하는 값진 인연이다. 아내는 제이의 책상과 사진이 있는 방 안으로 들어갔다. 그녀는 눈 내리던 지난 겨울밤을 지새우며 흰 바탕천에 꽃무늬를 수

놓았다. 그 책상보를 제이의 책상 위에 펼쳐서 덮었다. 그녀의 기도가 깃든 색종이 학도 투명한 유리병에 가득 담고 장미꽃 리본을 달아 그 위에 놓았다. 결코 끝이 아니고 영원한 연속의 변화 과정이 죽음이거늘. 제이가 없는 텅 빈 방은 제이가 있다는 의미는 이미 상실되었다. 그보다는 제이가 있었다는 소중함이 남아서 제이를 미치도록 보고 싶은 그리움으로 아내의 가슴은 불꽃처럼 활활 타오르고 있었다. 모든 슬픔은 남은 자의 몫이 되고….

어느 날 그의 아내는 그의 손에 이끌려 진시황의 서울전에 갔다. 이천삼백년 만에 지하 궁전에서 깨어난 진시황의 꿈과 유물들을 보기 위해서 세인들의 관심은 매표소를 향해 기다란 행렬로 이어졌다. 아내는 진시황 서울전을 슬픈 가슴으로 모놀로그(monologue) 하듯 감상하며 관람했다.

— 생전 천하에 부러울 것 하나 없이 권세와 부귀영화를 한 몸에 지니고 향유하며 이 세상 어느 곳도 거리와 조건 없이 찾아 나서 불로초를 구하려 했던 진시황, 그는 마지막 무덤까지 테라코타 병사들의 지하 군단으로 그의 영혼을 지키며 청동 마차를 타고 현세와 영원의 세계를 연장시키려 했던 절대 군주였다. 그러나 그러한 그도 결국은 죽어 없고 그의 영혼을 지킬 테라코타 병사들의 지하 군단도 그의 영혼이 타고 갈 청동 마차도 흙냄새 흠뻑 밴 유물

이 되었고 인간의 무한한 욕망의 표상으로 남았다. 정작 인간이 죽은 후 그 영혼을 위해 나팔 불며 지켜 줄 천사 군단과 천국을 향해 그 영혼이 타고 갈 황금 마차는 하느님만이 예비하고 있을 건데…. 어찌 인간은 현세의 권세와 부귀영화를 영원의 세계로 연장하려는 착각 속에 빠져드는가. 거시적인 하느님의 안목에서 보면 그것은 일순간에 떠오르는 물거품이고 현세와 영원의 세계는 언제나 뒤바뀔 수 있는 하느님만의 섭리인 것을…. ─

흰 백합꽃 펜던트

12

시간은 유수와 같이 빠르게 흐른다. 인간이 행복해서 즐거워하거나 불행이 닥쳐와서 슬픔으로 고통스럽거나 상관하지 않는다. 그리고 인간이 각자의 처지에서 시간이 빠르다고 하거나 느리다고 하거나 어떠한 불평에도 개의치 않는다. 그저 묵묵히 흘러갈 뿐이다. 인간은 왜 시간을 가지고 이러쿵저러쿵 얘기들이 많은가? 심지어 여러 가지 이유를 들어서 시간 탓을 한다. 시간은 인간이 태어나고 자라고 병들고 늙어 가다가 정지의 끝에 이르는 한 생애를 수없이 보고서도 어떠한 반응을 보이지 않는다. 오로지 한 방향으로만 직진한다. 인간은 시간을 자기의 소유인 양 때로는 자기의 스케줄에 맞추고 자기의 현재 시점에서 입맛에 맞는 대로 판단한다. 아무튼 시간은 누가 뭐래도 무엇의 소유가 되지 않고 그렇게 유예 없이 흘러간다.

유나가 급류에 떠내려간 후 계절은 가을의 초입에서 그를 기다리고 있었다. 태양빛도 변함없이 숲속을 드나들고 있다. 그러나 완전한 그의 빛이 되지는 못했다. 그는 시간이 빠르다고만 한숨을 길게 내쉬고 있다. 그는 그때의 현재처럼 수시로 가슴에 울컥울컥 치밀어 오르는 슬픔을 주체하지 못하고 있다. 그는 자작나무 푸른 잎사귀들이 한여름의 반들반들한 생기를 잃어 가고 있다고 본다. 그는 고운 단풍에서 낙엽까지의 짧은 경계에서 볼 수 있는 아름다움의 극치를 미리 본 것처럼 초조히 조바심을 떤다. 그리고 그 황홀한 감정을 슬픈 예감으로 받아들여 그의 가슴속에 꾸역꾸역 밀어 넣는다. 에리는 그의 곁에서 날로 초췌해져 가는 그의 모습을 보면서 표정이 시무룩해진다. 예전 같았으면 유나와 서로 경쟁하듯 자기가 더 예쁘다고 그에게 다그치듯 묻곤 했을 텐데…. 에리는 유나가 떠난 후부터는 거의 입을 닫고 말수가 줄었다. 언제까지 이렇게 지내야 하는가? 걱정스런 짜증도 낸다. 에리는 흘깃흘깃 그의 눈치만 본다. 에리는 그가 여전히 그때의 현재에서 머물고 있다는 생각이 들어 안타깝다. 그는 제이와 유나를 떠나보낸 슬픔에서 허우적대고 있다. 에리는 그런 그를 지켜보면 너무 가슴이 아프다. 아침저녁으로 들려오는 풀벌레 소리가 점점 가늘어지고 있다. 시간은 자꾸 슬픈 가을 속으로 그와 에리를 끌고 간다.

어느 날이었다. 한 달에 한 번꼴로 숲속의 통나무집을 찾아오던 중년의 고물 장수가 갑자기 그의 집을 찾아왔다. 이번은 기간을 열흘이나 앞당겨 허겁지겁 숨차게 달려오듯 왔다. 그와 에리는 '무슨 급한 일이라도 생겼는가?' 하는 놀란 표정으로 고물 장수를 쏘아보았다.

"자네, 무슨 일로 그렇게 다급히 왔나? 올 때도 안 됐는데…."

하고 그는 말했다. 에리도 덩달아

"아저씨! 혹시 우리 유나 못 봤어요?"

하고 물었다. 고물 장수는 말없이 허름한 보자기를 풀었다. 에리의 질문은 적중했다.

"아니! 이게 유나 아니야?!"

에리는 깜짝 놀란 표정을 짓고 소리쳤다.

"유나?! 우리 유나라고!"

하며 그도 에리의 소리에 본능적으로 맞대응하듯 소리쳤다.

"맞아요. 유나가 분명해요! 그런데?"

하고 에리가 외치듯이 말하고는 눈을 휘둥그레 떴다. 에리의 커다란 눈망울에 눈물이 핑 돌았다. 이내 눈물이 양쪽 볼에 주르르 흘러내렸다. 유나는 실신 상태였고 거의 알아볼 수 없을 정도로 온몸이 상처투성이였다. 그는 이런 유나의 처참한 모습을 보고 한동안 말을 잇지 못하고 우두커니 바라보았다.

"할아버지, 유나를 빨리 방 안으로 옮기고 치료해 줘요! 불쌍한 우리 유나!"

에리는 그를 쳐다보며 재촉하듯 말했다. 방 안으로 들어간 유나는 그의 신속한 응급 처치를 받고 가느다란 목소리로 입을 열었다.

"할아버지! 언니! 보고 싶었어요."

하고 그와 에리의 얼굴을 힘없이 바라보았다. 방 안의 산짐승 인형들도 각자의 기이한 목소리로 유나의 이름을 부르며 환희의 눈물을 흘렸다. 그와 에리도 눈물을 흘렸다. 그 옆에 묵묵히 서 있던 중년 고물 장수도 투박한 손등으로 눈물을 훔치며 덤불처럼 헝클어진 머리를 뒤로 쓸어 넘겼다. 그는 집 나간 탕아가 돌아온 듯 유나를 끌어안고 방 안을 한 바퀴 돌면서 기뻐했다. 유나를 찾아서 데려온 고물 장수는 한 달에 한 번씩은 틀림없이 그의 통나무집을 드나들었다. 고물 장수는 그의 작품을 시장에 내다 팔고 그가 필요로 하는 생필품을 사다 주는 이 숲속의 유일한 방문객이었다. 그래서 에리와 유나에게는 외삼촌같이 친밀한 존재였다.

고물 장수가 산 아랫마을에서 유나를 처음으로 발견한 것은 어느 허름한 집 토담 밑에서였다. 그때 유나는 엉엉 울고 있었다. 지나가는 누군가를 애타게 기다리고 있었다. 유나는 계곡에서 떠내려와 이 마을의 개울가에서 계속 머물러 왔다. 생전에 처음 보는 마을은 아늑하고 평화스러웠다. 낮에는 사람들이 농기구를 들고 밭에 나가 일하고 마을의 집들은 텅 비었다. 다만 공터에서는 유나 또래의 아이들이 사방치기를 하며 깔깔거렸다. 옷차림새도 가

지가지로 신기했다. 삽살개도 꼬리를 살랑살랑 흔들며 아이들 주
위를 맴돌고 있었다. 유나는 같은 또래 아이들과 신나게 놀고 싶었
다. 그런데 갑자기 삽살개 한 마리가 유나 곁으로 뛰어왔다. 유나
는 귀여워서 삽살개한테 한 손을 내밀었다. 삽살개는 유나를 한참
동안 들여다보다가 발로 요리조리 굴렸다. 유나는 어지러웠다. 삽
살개는 그것으로는 성이 차지 않았는지 이번에는 날카로운 이빨을
드러내고 유나를 물었다 놓았다 했다. 삽살개는 장난감 뼈다귀를
다루듯 유나를 함부로 다뤘다. 유나는 무섭고 아팠다. 유나의 얼
굴은 사방에 상처가 나고 피가 흘렀다. 이러다가는 죽을 것만 같았
다. 유나는 할아버지와 에리를 외치듯이 큰 소리로 불렀다. 그러나
할아버지와 에리는 어디를 둘러봐도 없었다. 유나는 비로소 혼자
라는 슬픈 외로움을 절실히 느꼈다. 숲속 통나무집의 행복했던 순
간들이 유나의 머릿속을 스크린처럼 스쳐 갔다. 날이 어두워졌다.
삽살개가 토담 밑에 유나를 두고 자기 집으로 달아났다. 밤하늘에
서는 별들이 반짝이며 가느다란 별빛 선을 유나에게 선물처럼 내
려보냈다. 금방이라도 별빛 선을 타고 오르고 싶었다. 그러나 신비
스러운 밤하늘보다는 우선 이곳으로부터 탈출하고 싶었다. 할아
버지와 에리가 더 보고 싶었다. 가냘픈 풀벌레 소리가 처량하게 들
려왔다. 차가운 밤바람이 불었다. 오싹! 찬 기운이 느껴졌다. 유나
는 새벽이 다 되어서야 선잠이 들었다. 잠시 꿈을 꾸었다. 꿈속에
서 할아버지와 에리를 만났다. 서로 부둥켜안고 그저 울기만 했다.

꽃사슴 인형   **117**

날이 밝아왔다. 오늘은 누군가가 꼭 올 것 같은 예감이 들었다. 그러나 아무도 오지 않았다. 이런 날은 아무렇지도 않게 계속되었다. 삽살개의 뼈다귀 장난감이 되어 여기저기 물리고 때로는 친구가 되고 싶었던 또래 아이들마저도 축구공처럼 차고 놀았다. 유나의 몸은 만신창이가 되었다. 특히 친구 같은 아이들에게는 더 배신감이 들었다. 절망적이었다. 천만다행으로 삽살개는 어두워질 때마다 유나를 토담 밑에 물어다 놓고는 집으로 갔다. 누가 시키지 않아도 신기할 만큼….

어느 날 아침이었다. 고물 장수 아저씨가 이 동네를 찾아왔다. 유나는 지나가는 아저씨를 보고

"아저씨! 아저씨! 저 유나예요, 유나가 여기 있어요!"

하고 있는 힘을 다해서 소리쳤다. 삽살개가 꼬리를 흔들며 유나가 있는 쪽으로 달려왔다. 아저씨도 깜짝 놀라서 끌고 왔던 손수레를 내박치고 유나가 있는 쪽으로 달려왔다.

13

    유나는 그의 숙련된 장인 기술과 에리의 극진한 보조로 완전한 제 모습을 되찾았다. 에리와 유나는 서로를 내 몸같이 아끼며 사이좋게 지냈다. 예쁜 꽃사슴 자매 인형으로 다시 돌아온 것이다. 작은 통나무집에서는 날마다 웃음소리가 쉴 새 없이 새어 나왔다. 에리와 유나 그리고 그의 마음은 더없이 평안해졌다. 그와 에리, 유나는 꽃사슴이 가끔 나타나는 계곡의 물가로 갔다. 계곡의 물소리는 가늘고 청아하게 굴러가는 소리를 냈다. 한쪽 작은 물웅덩이에는 여전히 맑은 물이 고여 있었다. 에리와 유나의 예쁜 얼굴이 맑은 물위에 달덩이처럼 떴다. 잠시 후 그의 주름진 얼굴이 퇴색한 우편물의 물결 무늬 소인처럼 물위에 찍힌다. 곧이어 물 주름이 인다. 이들의 얼굴들이 곧 사라지고 깔깔깔… 웃음소리가 숲속에 퍼진다.

그는 지그시 눈을 감고 상상의 눈을 떠서 먼바다 수평선을 바라보았다.

먼바다 수평선에는 물결이 보이지 않았다. 이번에는 그의 가슴속 깊은 시간의 바다를 바라보았다. 그 가슴속 시간의 바다에는 그때의 현재가 수평선처럼 하늘과 맞닿아 있었다. 그곳에는 그의 잔주름처럼 제이가 그려 놓은 희미한 추억의 물결이 일렁이고 있었다. 자작나무 잎사귀들이 초가을의 싸한 바람에 바르르 떤다. 그 틈새를 수천수만의 가느다란 태양빛 줄기가 파고든다. 그의 가슴속에 미세한 빛 가루가 꽃가루처럼 달라붙는다. 그의 빛이 그의 가슴속에서 환히 살아난다. 소슬바람에 제이가 즐겨 부르던 〈Dust in the wind〉 팝송이 숲속으로 흩날려 퍼져 나간다.

— '잠시 동안 눈을 감아 보지만 그 순간은 금세 떠나 버리고 내모든 꿈은 눈앞에 아롱지며 지나간다오. 바람에 흩날리어 먼지가된다오. 우리는 모두 바람에 날리는 먼지인 것을. 망망한 바다에물 한 방울 같은 예전이나 똑같은 그 노래, 우리들의 모든 행위는지상에서 허무하게 가 버린다오. 우리는 그렇게 되지 않으려고도해 보지만 우리는 모두 바람에 날리는 먼지인 것을. 집착하지 말아요. 영원한 것은 아무것도 없다오. 땅과 하늘 사이에 영원한 것은없다오. 모두 살며시 떠나간다오. 당신의 부귀도 단 일 분이라도살 수 있을까요? 바람에 흩날리는 먼지, 우리는 모두 바람에 날리

는 먼지라오.' —

그는 에리, 유나와 함께 숲속을 빠져나와 서서히 산 아래를 향해 내려오고 있었다.
'잃은 반쪽보다 남아 있는 반쪽에 더 감사하고 이를 소중히 여겨야 한다.'
제이의 사십구재 미사 때, 신부님 강론의 한 부분을 떠올리며….

산마루 저쪽, 자작나무 숲 기둥 사이에서는 예쁜 꽃사슴 한 마리가 긴 목을 내밀고 산 아래를 내려다본다.

빨간 끈 꿴 흰 운동화

1

　우리는 선택의 기로에 서 있을 때 그 기로가 두 가지이건 그 이상이건 간에 일단은 망설이게 된다. 그중 하나의 기로를 선택할 순간이기 때문이다. 그러므로 우리의 최고의 기능인 판단력을 필요로 한다. 나는 자작나무 숲길로 가는 1코스와 3코스의 두 가지 기로에서 비교적 완만하다고 생각되는 3코스를 택하여 걷기 시작했다.

　산에는 자작나무들이 흰 기둥을 드러내고 시선을 홀리고 있었다. 나는 산모롱이를 지날 때마다 더 많은 자작나무들이 있을 거라는 기대를 버리지 못했다. 산길 옆에는 심심찮게 나를 보라는 듯 빨강, 파랑, 노랑, 하양 등 색깔로 치장한 이름 모를 야생화들이 피어 있었다. 그리고 간간이 푸른 잎사귀 뒷면에는 흰 풀벌레 집이 앙증맞게 붙어 있어 신비감마저 들었다. 아내는 저만치 앞서 자작나무들을 보고 휴대폰 셔터를 연신 누르며 갔다. 어느새 한 시간이 흘렀다. 아내는 보이지 않았다. 걱정이 됐다. 참, 이상한 일이지? 부부라는 게 무엇인지. 곁에 있을 때는 잘 모르는데 조금만 곁에서 떨어져도 찾게 되고 걱정이 앞서니 말이다. 나는 발걸음의 속도를 냈다. 우선 아내를 찾아내어 나의 가시권에 넣어야 야생화도 자작나무 숲도 마음 놓고 볼 수 있다. 하물며 자연에 몰입되어 감성에 젖는 일이야 말할 것도 없다. 나는 휴대폰을 꺼내어 아내에게 전화를 걸었다. 아무런 응답도 없다. 부랴부랴 속도를 내서 다다른 곳은 계곡물이 철철 흘러내리는 빨간 다리 계곡이었다. 나는 사방을 두리번거리며 많은 사람들 사이에서 아내를 찾고 있었다. 그때 아내의 휴대폰 벨이 울렸다. 아내는 등산로 안내판 앞에 서 있었다. 숲속의 계곡은 제법 깊었다. 계곡 곳곳에서는 작은 폭포들이 허연 허리를 드러내듯 흘러내리고 있었다. 등산로는 돌과 질퍽한 진흙으로 만만찮은 난코스였다. 나는 자작나무 숲에 대한 기대치가 기온이 뚝, 떨어지듯 낮아졌다. 코스를 잘못 선택했다는 생각이 들었기 때문이다. 그러나 계곡을 내려오는 한 청년의 '올라가면 실망하지 않습니다'는 말에 용기를 얻고 계속 올라갔다. 산마루 쪽으로 100미터쯤 올라갔다. 흰 기둥처럼 쭉쭉 뻗은 자작나무 숲이 장관이었다. 1989년부터 1996년까지 자작나무를 70만 그루나 집중적으로 산 전체에 심었다니 그럴 법도 했다. 특히 이 계곡의 목적지는 이삼십 년생 자작나무의 청년 숲이라고 한다. 밋밋하게 서 있는 자작나무들의 기둥이 순백의 원근을 이루고 있어 신비롭기까지

하다. 마치 그 모습이 시벨리우스 공원에 있는 파이프 오르간 모양의 기념 조형물처럼 겹겹이 보인다. 비록 겨울철의 광활하게 펼쳐진 시베리아의 새하얀 자작나무 숲에는 못 미치지만 연인을 수레에 태우고 달리는 영화 〈닥터 지바고〉의 한 장면이 떠올랐다. 하늘을 가린 푸른 이파리들이 산바람에 흔들리고 파이프 오르간처럼 자작나무 흰 기둥의 꼭대기에서 영혼의 깊은 저음이 미끄러져 내려온다. 그 누가 이곳을 천상의 숲이라고 아니하랴! 나는 지금 자작나무 숲속에서 영혼의 저음을 내고 있는 천상의 신비한 소리를 듣고 있다. 수천수만의 영혼들이 가까이에서 아니면 멀리서 일제히 순백의 함성을 지르고 있는 듯하다. 잠시 눈을 감으니 내 귓전에 라라와 지바고의 사랑의 노래 〈somewhere my love〉가 스쳐 지나간다. 그리고 천상의 자작나무 숲 사이를 유유히 걷고 있는 제이의 환영이 어른거린다. 나는 지금 이러한 극단의 환상에 빠져 있다. 그러나 '우리는 극단을 지각하지 못한다. 너무 큰 소리는 우리를 귀머거리로 만든다. 너무 강한 빛은 눈부시다. 너무 멀든가 가까운 거리는 시력을 해친다. 너무 길거나 짧은 이야기는 그 의미를 애매하게 한다. 너무 진실한 것은 우리를 놀라게 한다. 우리는 황막한 중간에서 떠돌고 항상 불안하고 동요한다. 한쪽 끝에서 다른 한쪽 끝으로 밀려 나간다. 어떤 경계에 우리 자신을 결부시키고 고정시키려고 한다면 그 경계는 동요하여 우리를 떼어 버린다.' 이는 파스칼의 《팡세》에 나오는 말이다. 그렇다. 나는 자연 앞에서 진실된 인식을 가져야 한다. 어떠한 극단에도 밀려가지 않고 자연의 중간적 위치에서 나를 성찰하고 내가 자연 앞에서 겸손해야 할 이유를 찾아야 한다. 내가 자연의 중간적 위치를 찾으며 자연의 진실한 인식에 빠져들고 있을 때 아내는 저쪽 자작나무 흰 기둥 사이에서 꽃사슴처럼 나를 바라보고 있었다. 아내는 자연의 중간적 위치에서 나의 가시권에 있다. 천상의 숲 같은 내 마음의 평화로운 숲에서 어떤 극단적 경계에도 자신을 결부시키거나 고정시키지 않고 그녀는 여전히 존재하고 있다.

— '이 세상의 모든 행동은 하나씩 분리하면 제각기 목적이 있고 동기가 있지만 그것을 종합해 보면 삶의 흐름이 지극히 자연스럽게 어울린다. 인간은 각기 동분서주하며 일하고 자신이 관심을 가지고 있는 메커니즘에 의해 행동한다. 그렇지만 최상의 기본적인 평화의 감정이 여러 분야에 조정자가 될 수 없다면 그 각 분야는 제대로 작동되지 않을 것이다.' —

보리스 파스테르나크는 그의 장편소설 《닥터 지바고》에서 이와 같이 말했다.

내가 이곳 자작나무 숲을 '천상의 숲'이라고 구태여 부르는 것은 이러한 평화의 감정이 조정자로서 내 마음의 숲을 이루고 있기 때문이다. 그리고 그 마음의 숲 가장 가까운 가시권에 아내의 행복한

흰 백합꽃 펜던트

존재가 항상 머물기를 염원하기 때문이다. 나와 아내의 행동은 각자의 목적과 동기가 다를 수 있다. 그러나 하늘이 맺어 준 부부의 인연이라면 나와 아내는 서로의 존재를 소중히 여기면서 더없이 자연스럽고 조화로운 행동으로 사랑하는 삶을 살아가야 하지 않을까? 그래서 우리에게 '천상의 숲' 자작나무 숲이 주는 의미는 그 무엇보다도 깊다. 우리는 산마루를 지나 1코스로 내려오기 시작했다. 산마루에서 내려다뵈는 자작나무 숲은 더 이상 천상의 숲이 아니었다. 그저 아름다운 지상의 숲이었다.

습지의 난코스였지만 1코스가 아닌 3코스를 선택한 것이 잘했다는 생각이 들었다. 1코스를 선택했다면 어떠했을까? 하마터면 밑에서 우러러보는 벅찬 환희의 순간과 자작나무 숲이 주는 신비한 천상의 숲을 놓칠 뻔했다.

아내가 갑자기 발을 멈추고 자기의 운동화를 내려다본다. 운동화 밑창이 떨어졌다. 아내는 허전하고 아쉬운 표정을 짓는다.

아내의 운동화는 15년 전, 큰아들이 보내 준 영국, 프랑스, 스위스, 오스트리아, 독일, 이태리의 서유럽 7개국 여행 때 내가 사 준 운동화다. 흰 운동화 양 날개에 빨간 끈을 꿴 예쁜 운동화였다. 아내가 무척 좋아하고 애착을 갖고 있는 운동화이다. 아내는 서유럽 여행 이후에도 이 운동화를 신고 북유럽에 있는 덴마크, 노르웨이, 스웨덴, 핀란드, 러시아의 5개국 여행도 다녀왔다. 그리고 중국의 장가계 일대와 미 동부의 뉴욕, 워싱턴, 보스턴, 캐나다의 나이아

가라폭포, 천섬, 퀘벡 등도 다녀왔다. 한편 국내의 동·서·남해안과 제주도를 비롯하여 크고 작은 섬은 물론 높고 낮은 산과 여러 사찰 등 명승지, 그리고 주말 나들이까지도 이 운동화를 신고 다녔다. 그러고 보니 꽤 오래도 신었다. 그렇지만 아내의 운동화는 신고 나설 때마다 항상 깨끗하고 산뜻했다. 최근에는 팔봉산에 있는 비발디파크 리조트 연수회에도 신고 갔었다. 그런 여행의 상징과도 같은 아내의 운동화가 갑자기 밑창이 떨어졌으니 충격이 컸다. 아마도 이렇게 된 것은 빨간 다리 계곡의 습지 등산이 결정적 원인이었을 것이다. 천상의 숲으로 가는 길은 그토록 험난했다.

나는 아내와 함께 아쉬움인지 흐뭇함인지 알 수 없는 미묘한 미소를 띠며 1코스를 그렇게 내려오고 있었다.

3

우리에게는 누구나 과거가 있다. 과거는 현재의 뒤쪽에 가려져 있다. 현재는 순간순간 소멸되어 가며 과거가 된다. 과거는 현재를 기준으로 할 때 가깝고 먼 것의 차이는 아무런 의미가 없다. 과거는 다만 지나간 시간일 뿐이다. 시간은 현재에서만 물이 흐르듯 미래를 향해 흘러간다. 그러나 우리는 과거의 족적을 따진다. 그것을 찾으려는 성향도 있다. 그리고 광활한 대지의 모래밭 같은 삶에서 그 족적이 잘 보존되기를 바란다.

아내는 밑창이 떨어진 운동화를 보며 과거의 족적을 회상한다. 아내는 빨간 끈 펜 흰 운동화를 신고 서유럽 여행길을 떠났다. 프랑스의 루브르박물관, 에펠탑 전망대, 야경의 센 강 유람선, 몽마르트르 언덕, 노트르담 성당 등 수많은 관광 일정을 소화했다. 그 중에서도 아내의 마음을 사로잡은 것은 노트르담 성당이다. 노트르담 성당은 파리의 센 강, 시테섬에 있는 중세 고딕 양식의 성당이다. 성당 내부에는 황금 제단과 화려한 파이프 오르간이 설치되어 있다. 13m의 장미 창과 남북 벽면의 스테인드글라스에서는 찬란한 빛이 성당 내부로 스며들어 신비의 경지를 이룬다.

이곳에서는 누구나 겸허하게 무릎을 꿇지 않을 수 없다. 신이 계시하는 신의 음성과 신호가 자연스럽게 느껴지기 때문이다. 아내는 한참을 가슴에 성호를 그으며 기도를 했다. 아마도 제이를 위한 기도였을 것이다. 기도는 신과의 소통이다. 기도하는 자의 절박한 간구이다. 절박한 간구의 기도일 때 신의 응답은 신속히 반응한다. 기도를 마친 아내의 두 눈에서는 눈물이 흘러내렸다. 아내는 아무런 말이 없었다. 나는 아내를 부축하고 손수건을 내주었다. 나는 아내와 함께 성당 밖으로 나왔다. 성당의 외관은 섬세한 조각과 경건함이 조화된 하나의 웅장한 예술적 건물이었다.

나는 아내의 깊은 신심과는 달리 빅토르 위고의 역사 소설 《파리의 노트르담》이 생각났다. 이 소설은 미국의 영화감독 윌러스 위슬리의 영화 〈노트르담의 꼽추〉로 더 유명하다.

주인공 카지모도는 꼽추로 태어난 상태로 성당 앞 벽에 붙박아 놓은 작은 나무 침대에 버려졌다. 카지모도는 젊은 프롤로 신부에 의해 거두어지고 종지기로 성당 안에서만 지냈다. 그는 파리 시민들의 '주 공현절과 미치광이 축제 날', 군중들로부터 미치광이 교황으로 뽑혔다. 미치광이 교황은 깨진 유리창 구멍에 얼굴을 들이밀

고 가장 추악한 인상을 가진 자를 선발하는 것이었다. 빅토르 위고
는 그의 소설에서 카지모도의 인상을 이렇게 표현하고 있다.

—'사각형 코에 말발굽 같은 입, 덥수룩한 붉은 눈썹에 찌그러진
왼쪽 눈, 커다란 사마귀 아래 완전히 가려진 오른쪽 눈, 게다가 이
빨들은 마치 요새의 총구멍처럼 드문드문 빠져 있었으며 그중 하
나가 코끼리 어금니처럼 윗입술 위로 뻗어 나와 있었고 턱은 둘로
갈라져 있었다. 그의 몸 전체가 일그러져 있었고 엄청나게 큰 머리
통에는 붉은 머리칼이 모두 서 있었고 두 어깨 사이에는 커다란 곱
사등이 솟아 있었으며 다리는 마치 반원형의 낫 두 개를 이어 놓은
듯 야릇 야릇하게 뒤틀려 있었다. 게다가 커다란 발과 괴물 같은
손까지!'—

군중들은 이러한 카지모도를 보고
"종지기 카지모도다! 노트르담 꼽추, 카지모도다! 애꾸눈 카지모
도다! 안짱다리 카지모도다!"
하고 함성을 지르며 열광했다. 거지 떼와 하인들, 소매치기와 학
생들이 만든 관을 쓰고 법의를 입고 금빛 지팡이를 짚고 울긋불긋
장식한 들것에 앉은 카지모도를 열두 명의 사내들이 어깨에 메었
다. 그리고 그는 군중들의 호위를 받으며 그레브 광장으로 갔다.
이 광경을 지켜보던 부주교 프롤로는 몹시 화가 나서 카지모도의

머리에서 관을 벗기고 지팡이를 부러뜨렸으며 법의도 벗겨 찢어
버렸다. 카지모도는 부주교 프롤로 앞에 무릎을 꿇고 고개를 숙였
다. 그 시간 그레브 광장에서는 아름다운 집시 여인이 양탄자 위
에서 춤을 추고 있었다. 그녀의 곁에는 탬버린과 염소가 있다. 그
녀는 에스메랄다였다. 그날 밤 카지모도는 프롤로의 사주를 받아
에스메랄다를 납치하러 간다. 그 과정에서 잘생긴 순찰 대장 페
뷔스 대위에 의해 에스메랄다는 구출되고 그녀는 페뷔스에게 연
정을 품게 된다. 그러나 카지모도는 납치범으로 체포되어 감금된
다. 카지모도는 아무도 돌보지 않는 감금 상태에서 물을 갈구한
다. 에스메랄다는 그녀의 허리띠에 매달린 물통을 풀어 그에게 주
는 호의를 베푼다. 그 후로 카지모도는 그녀를 연모하게 되고 그
녀를 보호해 주어야겠다는 결심을 하게 된다. 한편 프롤로는 원래
중류층 집안 출신으로 신학, 의학, 법학, 예술 등 학문 분야와 그리
스어, 라틴어, 히브리어에 능통했다. 그는 집시를 이단으로 여겼
고 그들을 핍박하는 데 앞장섰다. 그러나 에스메랄다의 아름다움
에서 벗어나지 못하고 연정을 품으며 신과 한 여인의 사랑, 사이에
서 고뇌의 갈등을 계속하고 있었다. 결국 그는 페뷔스와 에스메랄
다의 밀회하는 방에 침투하여 질투의 칼로 페뷔스를 찌르게 된다.
그 누명은 모두 에스메랄다의 몫이 되고 그 죗값으로 에스메랄다
는 교수대에 오른다.

　나는 노트르담 성당의 종탑을 바라보며 에스메랄다를 수레에 태

우고 교수대로 가는 순간, 발과 무릎과 손으로 밧줄을 타고 내려오는 카지모도, 분노한 카지모도에 의해 낙수 홈통에 걸려 허공에 매달린 부주교 프롤로의 최후를 그려 보았다. 그리고 교수대에서 마지막까지

"페뷔스! 내 사랑하는 페뷔스!"

하고 울부짖는 에스메랄다의 소리가 들려오는 듯한 착각에 빠졌다. 그리고 맞은편 그의 집 발코니에서 아름다운 약혼녀와 함께 그녀를 바라보고 있는 사랑의 배신자, 바람둥이 페뷔스의 어정쩡한 모습이 자꾸 떠올라서 어쩐지 마음이 씁쓸해지기도 했다.

나는 빅토르 위고가 종탑 벽면에 새겨진 '운명'이라는 글자를 보고 이 소설을 쓰게 되었다는 말이 예사롭게 느껴지지 않았다. 나는 높이 솟은 종탑을 바라보았다. 내 머릿속에 담긴 생각은 모두 수백 개의 나선형 계단을 밟으며 카지모도가 있던 69m 종탑을 향해 오르고 있었다. 아내도 내 생각의 범위에서 크게 벗어나지 않는 듯 종탑을 바라보고 있었다. 아내의 흰 운동화 양 날개에 꿴 빨간 끈이 그리스도의 보혈처럼 파리의 따사한 햇빛을 받아 더욱 선명히 드러나 보였다.

정오가 되자 성당의 종소리가 울려 퍼졌다. 나는 아내와 함께 아르노 강이 흐르는 베키오 다리 위를 걸었다. 피렌체에서 가장 오래된 다리답게 고풍스럽고 아름다웠다. 이 다리는 단테가 베아트리체를 만난 다리로도 유명하다. 단테는 9세 때 한 살 아래인 베아트리체를 처음 만나고 순수한 사랑의 감정을 가졌다고 한다. 그 후 9년 만에 그녀를 두 번째로 만났다. 단테는 베아트리체의 성숙한 모습을 보고 그의 마음속에 그녀를 영원한 여인으로 간직하게 된다. 그리고 베아트리체가 24세의 나이로 요절하자 그는 순수한 영혼으로 천국에 가서 베아트리체의 인도를 받게 된다.

나는 이들의 운명적 만남과 순수한 사랑을 가슴속에 품은 채 아내와 함께 시뇨리아 광장으로 갔다. 시뇨리아 광장은 피렌체 시민들을 위한 정치적 중심지이다. 광장에는 넵튠 분수와 해마상, 아름

흰 백합꽃 펜던트

다운 여인들의 청동상이 있다. 그리고 주변에는 기마상, 다비드상 등 수많은 조각상들이 있다. 특히 베키오 궁전과 종탑은 장엄하면서도 아름다웠다. 베키오 궁전 내부의 천장과 벽에는 메디치가의 막강한 권력의 자화상을 보는 듯 그 당시의 생생한 상황이 그림으로 채워져 있었다. 한편 란치 야외 화랑에는 메디치가의 위엄을 상징이라도 하는 듯 사자상이 수호신처럼 지키고 있었다. 또한 르네상스 미술품의 보고인 우피치 미술관과 단테 생가의 작은 박물관도 나의 관심을 끌었다. 나는 단테의 박물관을 살펴보며 파란만장한 그의 삶을 엿볼 수 있었다. 그는 당시 권력의 소용돌이에 휘말려 피렌체를 떠나 망명 생활을 했다. 끝내 그는 피렌체에 돌아오지 못하고 라벤나에서 생을 마감했다. 단테는 그 암울했던 시절을 '어둠의 숲속에 갇혀 있었다'라고 피력했다. 그러나 그는 이러한 고난의 시절을 구원의 시작이라는 다소 역설적인 의미로 승화시키고 4년에 걸쳐 신곡의 지옥 편을 썼다. 그리고 이어서 5년에 걸쳐 연옥 편을, 마지막 7년에 걸쳐 천국 편을 썼다. 마침내 그는 16년 장정의 신곡을 모두 완성했다. 이러한 단테의 신곡에는 사랑과 구원이라는 그리스도의 숭고한 정신이 담겨 있다. 나는 역경을 딛고 신곡이라는 불후의 명작을 탄생시킨 그에게 머리를 숙여 마음속으로 존경을 표했다.

아내는 단테의 신곡에 대한 설명을 듣고 특별한 관심과 사후 세계에 대한 궁금증에서 쉽사리 벗어나지 못하는 것 같았다. 나는 두

오모 광장으로 발길을 옮겼다.

두오모 광장에는 꽃의 성모 마리아 성당, 둥근 지붕의 구폴라, 지오토의 종탑, 단테가 세례를 받았다는 세례당 등이 있다. 특히 세례당은 3개의 문으로 건축되었는데 그중 미켈란젤로가 보고 감탄해서 불렀다는 황금빛 '천국의 문'이 감동적이었다. 이 문에는 아담과 하와, 노아, 아벨과 카인 그리고 하단에는 솔로몬과 시바의 여왕이 조각되어 있었다. 아내는 천국의 문 앞에서 구약성서를 읽어가는 듯 조각을 하나하나 자세히 들여다보며 심취되어 있었다.

피렌체는 가는 곳마다 크고 작은 성당과 우뚝 솟은 종탑 그리고 궁전이 있고 조각과 그림으로 장식되어 있다. 그 내용은 한결같이 역사가 있고 이야기가 있고 문화 예술이 살아 숨쉬며 신을 향한 소망의 기도가 담겨 있었다. 한마디로 말하여 피렌체는 신의 나라 사람들이 사는 신의 도시이다. 아내는 어느새 신의 도시에 사는 사람이 된 듯 이곳저곳을 쳐다보기에 눈길이 바빴다. 나는 아내가 특별히 관심을 갖고 궁금해 하는 단테의 신곡에 나오는 지옥과 연옥 그리고 천국에 대해서 다시 한번 되짚어 보았다. 과연, 신의 나라 신의 시민들이 바라는 최종의 목적지는 어디란 말인가? 그것이 지옥일리는 없다. 최소한 연옥 아니면 그 이상의 천국이 그들의 목적지가 아닐까? 지옥은 단지 그들이 가장 두렵고 절대 가서는 안 되는 끔찍한 곳일 것이다. 이러한 지옥은 그들에게 한층 신심을 가다듬고 그들의 삶에 대한 반성 그리고 경종과 교훈을 주는 장소로만 여기고 싶었을 것이다. 물론 그것은 그들의 바람일 뿐, 그들의 죗값에 따라 지옥에 가는 것은 신만이 심판하고 결정할 문제이겠지만….

단테는 그의 저서, 《신곡》에서 기원전 1세기 로마의 '아이네스' 서사시 작가인 베르길리우스를 그의 스승이자 인도자로 모시고 지옥과 연옥을 둘러본다. 이어서 천국에 가는 길은 그가 어릴 때 순수한 사랑의 감정을 갖게 되었다는 베아트리체를 인도자로 삼는다. 그가 베아트리체의 인도에 따라가는 천국은 어떤 곳인가? 단테는 천국을 9개의 하늘로 구분한다. 1의 하늘은 달의 하늘, 2에서 7까지의 하늘은 그리스, 로마의 신화 속에 나오는 신들의 하늘이다. 그리고 8의 하늘은 예수의 하늘이고 9의 하늘은 성모 마리아의 하늘이다. 이들 8과 9의 하늘은 하늘 중의 하늘이고 곧 최종의 천국이다. 아마도 신의 나라, 신의 시민들은 승리의 노랫소리와 성모 마리아의 은총이 가득한 천국을 그들의 마음속에 두고 소망했을 것이다.

나는 아내와 함께 미켈란젤로 언덕에 올랐다. 피렌체의 아름다운 도시가 한눈에 들어왔다. 둥근 지붕의 큐폴라와 지오또의 종탑, 세례당, 베키오 궁전의 종탑이 낮고 붉은 지붕들 사이에서 천상을 향해 우뚝 솟아 있었다. 이 모두가 아르노 강과 함께 어울려 한 폭의 아름다운 그림처럼 붉은 석양빛에 물들어 있었다. 아내는 시내를 가르며 흐르는 아르노 강을 바라보면서 깊은 사색에 잠겨 있었다. 마치 단테가 베아트리체가 보낸 마틸데를 따라가 레테 강과 에

우노에 강을 보듯이 아내는 그렇게 아르노 강을 바라보고 있었다. 레테 강은 죄의 기억을 모두 지워 주는 망각의 강이고 에우노에 강은 자신의 선행을 다시 기억해 주는 강이다. 이 두 강물을 모두 마시고 영혼의 갈증이 해소된다고 한다. 아내는 두 강물을 모두 마시고 영혼의 갈증을 해소한 것처럼 그 표정이 평안해 보였다.

'단테는 강 건너 숲에서 한 줄기 흰빛이 허공을 가르는 섬광을 본다. 곧이어 일곱 개의 별이 이끄는 아름다운 마차를 본다. 꽃구름에 둘러싸인 마차에는 하얀 너울 위에 올리브관을 쓰고 불꽃 같은 붉은색 속옷이 내비치는 푸른 망토를 걸친 베아트리체가 타고 있다. 그녀는 그를 천국으로 인도하는 안내자였다. 단테는 두 강물을 마신 후 새로 돋아난 잎사귀처럼 더없이 순수한 영혼을 지니게 된다.'

내가 단테의 신곡에 취해 있을 그 시간 아내는 아르노 강을 바라보며 천상에 있는 제이의 생각에 잠겨 있었다. 아마도 그녀의 마음속에는 순수한 영혼의 빛이 석양빛처럼 붉게 물들고 있었을 것이다.

5

 나는 아내와 함께 이태리 남부 도시 나폴리로 갔다. 나폴리에는 나폴리 수호신의 이름에서 따온 산타루치아와 소렌토 그리고 카프리섬 등 아름다운 곳이 많다. 〈산타루치아〉는 중학교 음악 시간에 많이 불렀던 나폴리 민요이다. 그 외에도 〈돌아오라 소렌토로〉, 〈오, 솔레미오〉 등 귀에 익은 유명한 민요들이 있다. 그만큼 나폴리는 낭만이 있고 애수가 깃든 항구이다. 또한 아침에는 찬란한 태양이 떠오르고 밤에는 별빛이 어리는 지중해 연안의 아름다운 도시이다. 그러나 나폴리는 아름다운 해변의 도시이지만 폼페이의 최후를 가까이서 지켜본 슬픈 도시이기도 하다. 나는 아내의 손을 잡고 폼페이의 최후를 생각하며 아름다운 절벽 아래 카프리섬 해변을 걸었다. 베수비오산이 그때의 참상을 머금고 있는 듯 묵묵히 우리를 굽어보고 있었다. 아내의 흰 운동화가 모래밭을 가볍게 파

헤치며 족적을 만든다. 아내의 족적은 발걸음의 속도를 추월하지 않고 뒤따라 찍힌다. 그때, 최후의 심판이라는 단어가 나의 머릿속을 섬뜩하게 스친다. 아내의 족적이 금방이라도 지워질 것 같은 불안하고 위태로운 느낌이 든다. 베스비오산의 화산재에 폼페이가 파묻히던 최후의 날, 어느 노예 검투사는 노예의 신분에서 완전히 자유를 얻었고 영주의 딸은 신분을 넘어서 노예 검투사를 그녀의 사랑으로 차지했다. 이들의 마지막 사랑의 포옹은 수많은 시간이 흐른 뒤 움푹 파인 공간으로 남았다. 그 누가 이 슬픈 사랑의 공간에 석고를 부어 그들의 사랑을 되살려 놓았는가? 폼페이 최후의 잔해들이 눈에 선히 밟힌다. 폼페이에는 최후의 순간들이 지금도 그대로 남아 있다. 고통스러워하는 어린이의 표정, 애타게 절규하는 엄마의 표정, 서로 부둥켜안고 있는 연인의 모습, 사방으로 어지럽게 흩어진 가구들, 눕거나 쪼그려 웅크리고 앉아 있는 노인의 모습 등 다양하다. 마치 단테가 베르길리우스의 안내로 제7의 지옥을 갔을 때 신을 모독하고 오만과 분노를 참지 못한 자들이 벌을 받고 있던 처참한 모습처럼….

단테가 본 제7의 지옥의 죄인들은 벌거벗고 각자의 다른 자세로 슬피 울고 있었다. 그리고 웅크리고 앉아 있거나 서성대고 있었으며 그들이 있는 모래밭에는 거대한 불꽃이 끊임없이 불을 붙이고 있었다.

나는 이들의 잔해들을 보며 순식간에 닥친 화산재의 재앙에 손

　　　　　　　　　　　흰 백합꽃 펜던트

쓸 수 없었던 미약한 인간의 존재에 환멸을 느꼈다. 나는 이런 상황을 그저 단순한 재앙이라고만 봐야 할까? 아니면 신이 내린 최후의 엄중한 심판이라고 해야 할까? 판단할 여지를 잃었다. 그러나 일부 종교론자들은 인간의 죄악과 관련지어 신이 내린 최후의 심판이라고 볼 수도 있지 않을까? 하고 생각해 본다.

나는 아내의 운동화가 남기는 족적을 다시 본다. 나는 아내의 족적에 석고를 부어 넣듯 폼페이의 최후에 대한 생각과 이야기를 부어 넣는다. 그리고 그 족적이 아내의 머릿속에서 지옥 체험의 교훈으로 오래 기억되어 남기를 바란다. 그러나 이 세상에는 영원한 것은 아무것도 없는 것, 그것마저도 폼페이의 최후처럼 어느 때 순식간 묻혀 버릴지도 모르는 일, 우리는 지금 예측할 수 없는 슬픈 현재의 시간 위를 걷고 있다.

나는 다시 한번 아내의 손에 무언의 힘을 가하고 손을 꼭 쥐어 본다. 지중해의 에메랄드 물빛이 아내의 빨간 끈 펜 흰 운동화로 서서히 스며들었다.

6

　사람들은 높은 곳에 오르고 싶어 하는 소망이 있다. 이러한 일종의 성취 동기는 높은 산이나 하늘 같은 가시적 대상이나 비가시적 관념, 지위, 이상, 꿈 등을 실현하고자 하는 인간의 잠재적 보상 심리에서 흔히 일어나는 현상이다. 거슬러 올라가면 바벨탑이 그렇고 중세의 종탑과 고딕 건축의 첨탑 그리고 하늘 높이 솟은 현대 도시의 마천루가 그렇다. 이러한 심리적 현상은 오슬로의 비겔란 조각 공원에 있는 구스타브 비겔란의 높이 17m '모노리텐' 조각상에서도 볼 수 있다. 작가는 이 작품에서 끊임없이 위를 향해 높이 오르고자 하는 인간의 본성을 잘 표현하고 있다. 사람들은 누구나 높은 산에 오르면 하늘을 보며 그 어딘가에 천국이 있을 것이라는 막연한 생각을 하게 된다. 이러한 생각은 높은 산의 정상에서 하늘 가까이 다가섰다는 경외감과 신비감에 빠져드는 것과도 무관하지 않다. 나는 알프스의 고봉, 융프라우요흐 전망대에서 눈 밑에 펼쳐진 순백의 설원을 보았다. 그리고 하늘에 닿을 듯 높이 솟은 설산과 하늘 공간에 부유하고 있는 신비로운 흰 구름을 보았다. 나는 무한한 경외심과 신비감에 젖었다. 그 누가 이런 자연의 극점에서 위대한 조물주와 천상의 세계를 생각하지 아니하겠는가? 나는 아내와 함께 밖으로 나가 순백의 설원을 걸었다. 아내의 족적이 찍힌다. 흰 운동화의 빨간 끈이 방금 빨간 물감을 칠한 것처럼 순백의 설원 위에 선명히 드러난다. 하늘 구름이 내려다보고 흰 운동화의 빨간 끈에서 빨간 물감을 묻혀 갈 듯 융프라우 정상 밑으로 내려온다. 아내는 하늘을 바라보며 비가시적인 천상 체험을 하는 듯 감회에 흠뻑 젖었다.

아내는 제이를 떠나보낸 후, 사후 세계! 그것도 천상의 세계를 동경하며 산다. 단테가 그의 《신곡》에서 그리는 예수와 성모 마리아의 하늘은 아마도 융프라우 위를 떠도는 흰 구름보다 더 높은 곳에 있을 것이다. 그 하늘은 인간의 능력으로는 도저히 헤아릴 수 없는 지극히 높은 곳의 천국일 것이다. 그렇지만 아내의 천국은 역설적으로 어쩌면 가장 낮고 깊은 그녀의 가슴속에 존재하는지도 모른다. 단테의 천국에는 베아트리체의 순수한 사랑의 영혼이 있다면 아내의 천국에는 해맑게 웃고 있는 제이의 순수한 영혼이 있을 것이다. 그러므로 아내의 마음은 항상 가난해지고 더없이 깨끗해져야 한다. 아내는 예수의 산상수훈(마태), 8복 중에서 3, 8번에 나오는 '마음이 가난한 자와 청결한 자는 복되고 천국이 그들의 것'이라는 성구를 믿고 있다. 마음이 가난해진다는 것은 곧 마음을 비우고 한없이 낮아져야 한다는 것이다. 그리고 마음이 청결해진다는 것은 더러운 죄와 욕심을 말끔히 씻어 내고 정화되어야 한다는 것이다. 이와 같이 마음이 가난해지고 청결해진 상태일 때 천국은 아내의 마음에서 떠나지 않고 그녀의 영토로 존재하게 될 것이다. 아내는 하늘 가까이에서 하늘을 보며 그녀의 깊은 마음속으로 침잠되어 가고 있었다. 비가시적인 천국의 영토, 그런 깊은 마음속으로….

아내가 빨간 끈 펜 흰 운동화를 신고 융프라우요흐 전망대에 오른 것은 이번이 처음이다. 이러한 일은 아마도 그녀의 일생에 있어서 처음이자 마지막일지도 모른다. 따라서 이번 아내의 천상 체험은 그녀의 마음이 가난해지고 깨끗해지는 계기가 되었을 것이다.

그리고 진정한 천국은 가난하고 깨끗한 마음속에 있으며 스스로 그 영토를 끊임없이 가꾸어 나가야 한다는 것도 새삼 깨닫게 되었을 것이다.

흰 백합꽃 펜던트

7

뻐꾸기시계가 사방에서 울려 퍼진다. 오스트리아의 어느 작은 도시가 고즈넉한 밤을 선사했다. 평온한 밤을 보내고 라인 강 숲길을 걸었다. 중세의 고성이 운치를 더해준다. 작은 마을, 뤼데스하임에 있는 로렐라이 언덕에서 중학교 시절, 음악 시간에 배웠던 프리드리히 질러가 작곡한 〈로렐라이 언덕〉의 노래를 조용히 불렀다. 아내도 가느다란 콧노래로 따라 불렀다. 현장에서 부르는 노래라서인지 감회가 더 깊었다. 그 노래는 라인 강의 물줄기를 타고 반짝이며 유유히 흘러갔다. 나는 템스 강에서도 타워 브리지를 바라보며 초등학교 때 철없이 나대며 그것도 빠른 템포로 반복해서 불렀던 〈런던 브리지〉의 노래를 불렀다. 타워 브리지는 아름다운 템스 강의 상징과도 같다. 과거에는 배들의 통행을 위해서 1년에 6천 번 이상이나 다리를 들어 올리는 장관이 펼쳐졌다니 놀라웠다.

그러나 지금은 그 횟수가 200여 회로 줄었다고 한다. 앞으로는 얼마나 더 줄어들지 아니면 더 이상 타워 브리지의 들어올리는 장관을 볼 수 없게 될지 걱정된다. 이러한 장관이 얼마나 경이로웠으면 노랫말에도 '런던 다리가 무너졌다! 나의 아름다운 여인이여!'라고 했을까? 마침 나와 아내는 그 현장을 직접 보는 행운을 얻었다. 정말 다리가 올라가고 배가 지나갔다. 그것은 장관이었다. 아내는 아름다운 비명까지 질렀다. 실감 나는 순간이었다. 영국의 국회 의사당 북쪽 끝에 세워진 빅벤 시계탑이 템스 강과 조화를 이루며 한 폭의 그림 같은 고전적 아름다움을 더해 주었다. 정오를 알리는 시계탑 종소리가 울려 퍼졌다. 나는 버킹엄 궁전으로 갔다. 궁전 앞에서 펼쳐지는 화려하고 절도 있는 근위병 교대식이 멋스러워 보였다. 대영 제국의 전통적 위엄이 흠씬 풍겼다. 곧이어 빨간 이 층 버스를 타고 대영 박물관 도서관에 갔다. 도서관의 내부를 둘러보았다. 도서관의 큰 규모에 한 번 놀랐다. 원형 열람실의 웅장함과 아름다움에 두 번 놀랐다. 세계에서 가장 크다는 도서관의 위풍이 느껴졌다. 특히 열람실 중앙 돔의 천장에서 비치는 엷푸른 빛은 사람들의 눈길과 마음을 한꺼번에 사로잡았다.

대영 박물관 도서관을 뒤로한 채 넓은 영토와 13억의 인구 그리고 오래된 역사와 문화 유산을 가진 인도와도 바꿀 수 없다는 셰익스피어! 그의 생가를 찾아갔다. 스트랫퍼드어폰에이번은 전원 지대로 영국 전통 양식의 주택과 그의 생가 그리고 그의 무덤이 있는 홀리트리니트 교회가 있었다. 그는 세계적인 대문호이다. 그는 《로미오와 줄리엣》,《베니스의 상인》, 4대 비극인 《햄릿》,《오셀로》,《리어왕》,《맥베스》등 수많은 희곡 작품을 남겼다.

그의 작품 표현은 명대사를 통해서 뚜렷해진다. 그는 《베니스의 상인》에서 고리대금업자 샤일록이 베니스 상인 안토니오에게 돈을 빌려주는 대신에 만약 그 돈을 못 갚을 때는 '당신의 심장에서 가장 가까운 부분의 살 1파운드를 베어 낸다'라고 조건을 단다. 이에 재판관으로 변신한 친구의 연인, 포사는 '살을 베어 가되 피는 한 방울도 흘려서는 안 된다'는 재치 있는 반격을 한다. 이러한 표현은 감히 누구도 표현할 수 없는 명대사이다. 그리고 《맥베스》에서 멕베스가 덩컨 왕을 살해한 직후, 아내에게 한 대사도 유명하다.

'죄 없는 잠을 살해했소. 걱정이라는 흐트러진 번뇌의 실타래를 곱게 풀어서 짜 주는 밤, 그날그날 생의 적멸, 괴로운 노동의 땀을 씻고 마음의 상처를 낫게 하는 영약, 대자연이 베푸는 제2의 생명, 생의 향연에 최대의 자양분을 주는 그 잠을 말이오.'

한편 그의 또 하나의 작품, 《오셀로》에서 오셀로가 데스데모나를 죽이기 전에 한 명대사도 있다.

'촛불을 끄고 다음에는 이 촛불, 생명의 촛불을 꺼야지. 타오르는 촛불아, 너는 꺼졌다 가도 뉘우치면 다시 켤 수도 있다. 그러나 온갖 수공을 들여 만든 자연의 본보기인 그대의 촛불은 한번 꺼 버리면 다시 밝힐 수 있는 프로메테우스의 불은 찾을 길이 없다.'

그 외에도 그의 수십 편의 희곡에 나오는 내용 하나하나가 명대사이다.

그의 생가 밖, 작은 무대에서는 중세 복장을 한 배우들이 셰익스피어 주요 작품의 명대사를 열정적으로 공연하고 있었다.

그의 생가를 둘러보고 인근에 있는 코츠월드의 아름다운 중세 마을로 갔다. 그동안의 피로가 한꺼번에 풀리는 것 같았다. 아내는 에이번 강의 백조처럼 마음이 평온한 듯 한껏 여유로운 표정으로 나를 바라본다. 나는 마음속으로 '나의 반쪽은 당신의 것, 나머지 반쪽도 당신의 것'이라는 가장 부드럽고도 강력한 사랑의 메시지를 무언으로 아내에게 보낸다.

그동안의 지나온 여정이 나의 머릿속에서 잔잔한 파륜을 인다.

서유럽 여행을 마치고 회귀하는 기분이 평화롭고 흐뭇했다. 아내가 노트르담 성당에서 신의 음성을 듣고자 기도하던 모습, 피렌체에서 단테의 《신곡》에 심취하던 모습이 떠올랐다. 그리고 나폴리에서 폼페이 최후의 잔해를 보며 지옥 체험을 하고 융프라우요흐 전망대에서 천상 체험을 하던 모습도 떠올랐다. 이 모든 여정이 꿈속에서 단테의 《신곡》 세계를 여행한 것 같았다. 사람들이 아내의 흰 운동화를 바라본다. 그들은 무슨 생각을 하며 바라보는 걸까? 족적을 남기고 본연으로 회귀하고 있는 빨간 끈 뗀 흰 운동화를….

　　　　　　　　　　　　　　흰 백합꽃 펜던트

8

아내는 서유럽 여행을 회상하며 1코스를 말없이 내려오다가 길 옆에 있는 벤치에 잠시 앉았다.

나는 아내의 떨어진 운동화 밑창을 들고 자세히 살펴보았다. 그 밑창의 바닥은 마치 벌집처럼 완전한 정육각형 구조로 되어 있었다. 한때 농밀한 꿀처럼 가득 채워져 있었던 족적의 집이 텅 비어 있었다. 아마도 긴 시간의 흐름에 흘러내렸을 것이다. 그러나 아직도 밑창은 정육각형의 경계를 뚜렷이 이루고 있었다. 아내의 폐허처럼 빈 족적의 집이 어쩐지 허전하고 서글퍼졌다. 나는 아내와 함께 자작나무 숲길 입구를 빠져나왔다. 그리고 산채 비빔밥으로 시장기를 때우고 원대리 계곡을 벗어났다. 나는 서울 방향의 설악로를 시속 80km로 달렸다. 아내는 피곤했던지 삼팔 휴게소를 지나자 곧 잠이 들었다. 아내의 곤한 잠은 그렇게 20여 분간 계속되었다. 홍천 며느리고개 터널을 빠져나오고서야 아내는 깊은 숨을 내쉬고 잠에서 깨어났다. 아내는 손에 쥐었던 무엇인가를 놓치고 난 듯 어리벙벙한 표정으로 한참 동안 나를 바라보며 말했다. 꿈을 꾸었다고….

아내는 '천상의 숲'에서 제이를 만났던 것이다.

— 제이는 환히 웃으며 엄마 곁으로 달려왔다. 제이의 두 손에는 빨간 끈 펜 흰 운동화가 들려 있었다. 제이는 엄마한테 운동화를 내밀었다.

"엄마! 이것 새 운동화야, 내가 사 온 거야! 엄마 운동화는 낡고 밑창까지 떨어졌잖아, 그래서 새 것으로 갈아 신으라고 거금을 들여 사 온 거야. 어때! 좋지?"

"아니, 네가 이 운동화 밑창이 떨어진 줄 어떻게 알고 사 왔어? 운동화 값도 비쌀 텐데, 돈이 어디 있어서…."

"내가 엄마 운동화 신고 다니는 걸 계속 지켜봤잖아! 그리고 나 돈 많아, 엄마! 나 하늘 항공 통역사로 취직했거든…."

"그래?! 잘했다. 우리 제이가 이렇게 대견스러울 줄이야 미처 몰랐네. 이 운동화 고마워, 내 마음에 꼭 들어. 이제 네가 사 준 새 운동화로 갈아 신어야지."

"엄마! 엄마가 신었던 낡은 운동화는 나 줘! 내가 가져갈 거야."

"그거 헌 것을 뭣하게? 버리지 않고…."

"아니야. 왜 버려?! 엄마가 신었던 것인데, 엄마가 다니던 곳마다 내가 따라다녔잖아! 엄마는 그것도 몰랐어? 엄마가 핀란드 갔을 때는 얼마나 신났는지 알아? 나 그때 메아도 헬리도 만났어. 얼마나 기뻤는지 몰라. 엄마! 고맙습니다! 고마워요. 잊지 않을게요. 그래서 엄마가 신던 운동화는 나에게 소중해. 엄마의 족적이니까."

"네가 그렇게 소중히 생각한다면 가져가야지. 제이야! 고맙다!"

제이는 엄마가 신던 운동화를 손에 들고 산마루 쪽 자작나무 숲, 흰 기둥 사이로 사라졌다. 제이가 사 준 빨간 끈 펜 흰 운동화는 운동화 양 날개의 표면에 천상의 자작나무 숲이 그려져 있었다.

엄마는 가슴에 그 운동화를 꼭 껴안았다. ―

모든 것이 꿈이었다. 누가 일장춘몽이라는 말을 했던가? 아내는 그 말이 이렇게 절실히 가슴에 다가올 줄이야 미처 몰랐다.

나는 아직도 눈 감은 채 꿈에서 깨어나지 못한 듯 가슴에 얹고 있는 아내의 창백한 두 손을 보며 서울을 향해 달리고 있었다.

The Sika Deer Figures

_1_

The forest inhabits a far different world than it's perceived outer looks. The deeper the forest, the case is even more apparent. if the forest is one in the middle of summer, it longer only presents difference, but demonstrates a primitive genuinity as if a primeval forest. The countless white birches form an army of forests on this mountain. Thousands of these white birches soar up to the heights of the sky like white pillars, and forms a vast canopy by sousing innumerable green leaves. At times, When the breeze awakens the green leaves, the luminous sunrays bury deep among them. Such a sunray is to be distinguished form the scorching sunrays outside the forest, since they lure the cool breeze with them.

"Ones who seek light shall find light. The importance lies on being the light of those who seek, rather than to shine the light."

This is a quote from an old man who left the monastery, then written in a section of Count Lev Nikolayevich Tolstoy's diary. The sunrays that descend deep into the forest represents the light of those who seek. In other words, it is the light for its existing wilderness. Thus, the hebitat becomes more vibrant and peaceful. The squirrels freely run along the white birches, birds gracefully chirp among the branches. The flowers beneath the birches form a smaller forest among themselves and gather bugs that softly resonate, hidden away among it. The forest among themselves and gather bugs that softly resonate, hidden away among it. The forest makes a concert for all creatures inhabiting. Inhabitants perform various tones and pitches, which resonate from different hidden locations. The trickles of the creek form the finest accompaniment. The subtle and elegant trickles give a joyful rhythm which mesmerize various creatures including Sika deer and many unknown creatures. Hence, the trickles gather and make a dedicated audience of them, conclusively forming a communal family of the wilderness. In present terms, 'family' refers to fundamental group of a closely related communal society. From a perspective which strengthens such a family in relation to present day, prominent quotes from Tolstoy come across naturally as he was one who often tread the white birch forests.

"The most valuable moment is present, because it is when one may limit themselves. The most valuable person is one who is presently acquainted with oneself in any way, as one cannot predict the maintenance of the relationship. Significance is placed on the act of loving all people under any circumstances."

Inhabitants of the forest are also given 'present'. It is critical that they regulate themselves and maintain various relationships by loving one another. The peaceful and vibrant mood of the forest begins from their heart-warming affection. All ends of the forest are harmonized by the melodies of the wilderness family. The forest is a different dimension where the unrefined genuinity is broadly entrenched within, like the shelter of peace.

2

There stands a seemingly uninhabited old wooden cottage covered by intertwined berry vines on a reserve in the forest. A 'hut' would be a better suited term given how old and low it is. It is his only abode and workshop. He is an old writer who carves figures of wild animals with birch wood. In the corner of the room sits a work bench as if a small desk. A candle on the bench is always lit, since the darkness despite the time of the day. Around his workbench would be a pyramid-stacked pile of birch-wood, cut into fifteen centimeter pieces. Also, within an arm's reach, there are various carving tools, brushes, and paints awaiting original usage. On another side of the room, four sets of colour-faded shelves made of birch-wood panels stands on supports. On top of the shelves, various animal figures are aligned in a manner that they could spring into life with a single cry any moment. The most prominent among those are a pair of Sika deer figures. Not only are they most pleasing to the eye, but they are placed on the top left corner, which is the most noticeable position as the door opens, He feels a strong attachment to these masterpieces as they are the first figures he created, around a month after he entered the forest. He came to the creation of these figures after he saw a Sika deer at the creek by sheer chance. He wholly mesmerized by it when he witnessed its elegant and graceful figure, as well as its deep pupils sprinkled with love potion. Those eyes were nothing but innocent and crystal-like. It was like an angel whom descended from the heavens. It looked it could Deanne and purify hearts polluted by all worldliness such as filth, monstrosities, greed, agony. In addition, his hope that it may clear of his scrutinizing grief and remorse of the past days. Therefore, the deer sipped to its content and gradually disappeared to the far mountain ranges. He immediately returned to his work bench and worked on his first figure restlessly until tenth day, without any plans or sketches, as if was already deeply engraved in his heart. Another figure was completed in six days. These figures were a representation of his soul and endeavours. From a certain point in time, they became his guardian angels whom filtered his heart and mind. He gave each of them a beautiful name. The older figure 'Erie', and the later figure 'Yuna'. The beautiful names were a representation of their meaning to him. He had habitually muttered to himself. However, Erie and Yuna became vent of his suppressed emotions as well as current and previous state of mind, hence eradicated his sense of loneliness and remorse. unconsciously, he came to enjoy life in the forest, as if the sunrays peeking through the green leaves had become his light. Like so, he found peace in his heart.

Erie and Yuna would sit side by side, but would quarrel every now and then.

"I'm pretty than you!"

"No way! I'm prettier!"

He'd feel a paternal sense of love and pride when he'd watch them quarrel. As if he doesn't want them to notice, he'd turn away and smile in happiness.

One time,

"Grandpa, I'm prettier than Erie, right? I have bigger eyes and a pointier nose...." like so, Yuna hasted herself to excuses and flustered him. Then, he'd tell them that both are just as beautiful as the other. At the same time, he sympathized them that they could not see their own beauty.

"It would be great if they had a mirror...." he thought to himself.

Whilst pondering, he soon came across a thought

"This is it! The water! The clear water of the creek! That could be the mirror."

He reminisced the reflection of the Sika deer at the creek, and approached Erie and Yuna.

"Erie! Yuna! Let's go to the creek! I'm going to find more birch-wood for my figures and show you a mirror!"

Before he could finish his sentence, they simultaneously responded as they joyfully exclaimed and latched to his hands, pulling him along.

"Wow!"

"Let's do that! You're the best! Let's go now!"

Outside, the afternoon sunrays beamed down, and cicadas cried like never before. Erie and Yuna were exhilarated.

He endeavoured through the deep forests with Erie and Yuna and reached the creek.

Pristine water was trickling down the stream and the moss-ridden bedrocks were moist.

There was a small clear puddle in the shape of a round mirror, as if someone had trapped the water inside by leading the stream to an alternative route.

"Here, this is your mirror that you can see your beautiful faces. Look closely! You'll be able to see a reflection."

Erie and Yuna intently watched their reflection on the small puddle. He then tread into deeper woods to find a fallen birch tree which had fallen to storm last year. The weather in summertime was notorious for its dubiousness, making it impossible to foresee the forecast.

Suddenly, darkness veiled the forest and a streak of lightning divided the sky with the deafening thunder, and thick droplets from the clouds poured down heavily. Concerned of Erie and Yuna, he hastened to where they were.

"Oh dear!"

The streams he watched wiped the banks remorselessly in a flash and rapidly rushed down as if possessed by demon's apprentice.

He instinctively bellowed.

"Erie! Yuna!"

Nonetheless, they were nowhere to be seen. He searched the weeds like a crazed beast. Then, moan for help resonated through the weeds.

When Erie saw him, she desperately shrieked.

"Grandpa! Yuna was swept down the stream!"

Dumbfounded, he supported Erie to her feet and motionlessly gazed at the ruthlessly overflowing stream whilst calling her name softly.

3

Ever since the loss of Yuna, he uses 'present in the past' as a way of speaking. This evidently suggests that he relives the past as if present. He had lost all sense of time, thus the ability to regulate and maintain the opportunities and relationships given then because he was now residing in the past. This was an indicative flaw that he could only describe the past in perplexing ambiguous ways as his present. Above all, his inability to express his greatest extents of love left him nothing but regrets. Hence, guilt and tormented him, leading his heart to be overwhelmed with shadows of misery. Perhaps he would be compelled to spend an indefinite amount time of escapism from reality until a mere beam of sunray shines as hope to his soul. He shall be enslaved to such tragedy until a sense of reconciliation and revival of life sets root in heart.

In the first lines of his novel 《Anna Karenina》, Leo Tolstoy quotes "A joyous family is not too dissimilar from other joyous families, but a dispirited family has stories of its own distinguished from others."

Joyfulness and despondency are paradoxical concepts. Nonetheless, they both co-exist in a person's life in no particular order. Without doubts, most do not wish for the co-existence of both concepts; they would only wish for joyfulness to accompany their lives. However, the god of denstiny has an unpredictable plan of its own. As time flows, happiness usually creates unforgettable moments of their lives, whereas sadness becomes the desolating past ones with unique stories. Such a past is branded into the present; the potential despair deepens depending on the extent of traumatic pasts. This despair shares a high potency to trigger like dirty bomb depending on the state of mind and environmental factors. Since Yuna's tragic disappearance, his depressed past emotions which were ever so uneasily layered erupted into life again. He'd been reminded of a great sculpture when he looked at his son Jay, although this was all in the desolating past. He watched Jay growing into maturity day by day, as if a sculpture would be carved into perfection. Jay was his precious son. The motive behind his relocation to the deepest of the woods was his will to erase of these devastating memories. As with Yuna, Jay had left his side at a promising age of seventeen. He has countless delightful recollections with Jay. Continuous laughter and happiness filled his house with joy. Jay had a special passion for the mountain ranges. On the summer of Jay's final year middle school, his family took the train at dawn from Cheonan station headed towards Daejeon Station to track along the Gyryong mountain walking trail. Jay giggled with older brother as they shared each side of the earphones connected to a cassette player. As he watched his wife and children enjoy themselves, he fell trapped in a sense of contentment. Soon, the train had passed Sojeongri Station and was bound for Jeonui Station. On the emerald fields outside, the morning had just awoken from its sleep, yet veiled by the cotton sheet-like morning fog. A few moments later, the train arrived at Darjeon Station, and a sign lead them to Geryeong mountain, reminisced a rooster's crest. When they reached the mouth of Geryeong mountain, Jay exclaimed in excitement.

"Wow! It's Geryeong mountain! Look at the mountain top! The mountain peaks look like a rooster's crest!"

He pulled his brother in front of him and pointed with his index finger, and the family motionlessly gazed at the peaks for a while. It was as if the peaks would cry out anytime.

"Cock-a-doodle-doo!"

Jay wore an azure visor, shorts, and a backpack. The father wore a cap that he wore on family sports day as well as shorts like Jay. Jay's mother wore a boater hat with shorts, and the older brother wore long jeans and a bucket hat. Geared as such, they were equipped at least as well as an amateur mountain trailer. With high ambition to conquer the top of the mountain, he began trailing the mountain with his family.

5

At the creek, tents of all colours were spread out in different areas. Around the tents were topless young men cooking with colourful towels around their necks. A young couple sitting closely to each other, vocalising while playing the guitar added to the beauty of the scenery.

When he had reached an upper part of the creek, a wide clear puddle stopped his tracks. There were flat bedrocks laying around it, and he puddle pictured a reflection of him and his family. The family decided to camp at this point and took out their cooking utensils to begin making lunch. They spent around half a day at this location, and to dine at such a location away from home meant an indescribable experience to them. A thought of accomplishment swept his mind since they could gather and converse together at such a place. More importantly, regaining the same of community within the family was a larger achievement. Recently, the family was taken away from each other due to circumstances of their own. He himself had been occupied away from his family, his wife worn out by daily life, and the two sons had the burden of maturing away from the adolescent challenges on their own. Hence, they had been living in a conversation-less family instead of an affectionate one. A trip like such was the changing agent to their situation. Smiles and continuous laughter had once again blossomed within their famil. After lunch, the family was determined to climb the Emperor's peak, supposedly the highest mountain peak in the Gyeryeong Mountains range. Was it called Emperor's peak because the emperor literally descended from the heavens and visited the place? He was mesmerized at the mystique of it all. His wife excused herself from the opportunity by complaining that her legs were aching. Although this was annoyingly disappointing to him, he suppressed his emotions. He also had a strong passion for mountain trailing as a couple, but it'd be a futile dream to have if the health of his wife was not at an optimal state. As by pondered, he continued trailing with his two sons, looking gallant with few drinks and long towels around their necks. When the three of them reached the middle of the mountain, thirst worsened and they began to run short of breath as the trail got steeper and more challenging. There was bound to be a single whisk of wind, given that the forest was densely packed with tall trees. However, even the incessant ringing of the cicadas annoyed them more under the scorching heat of the summer. Embarrassment had no meaning to them at this point. He flung the thin shirt off his body and rolled up his pant legs as high as he could. Jay and the older son had trailed way ahead of him.

6

He laid himself on the ground like a fallen soldier. Moments later, the bellowing of the two sons travelled through the woods from the mountain tops. He gathered himself to continue, but had to take longer rest intervals as he could not travel more than a few meters at a time. This foreshadowed a failure to reach the mountaintop. At times, young men descending from the peak would pass on a word of encouragement. but he'd ask how much further he had to go to reach the top. Just as he was conflating between the continual of his challenge or to admit defeat, his sons rushed down to their father's rescue. The older son descended down to his mother, and Jay supported and encouraged his father to reach the top. He could no longer concur to defeat. At last, he had reached the mountain top with his son. At the peak of the mountain, there were a forest of old trees with chunky roots, whom explained the innumerable wild storms they've withstood. in the middle, stood a pavilion, and by its side. Stood a barren stone monument, marked 'The Emperor's Peak.' The roof of a temple within the mountains were screened by the fog. The soft white clouds over the top of the mountain added to the mystical beauty of the scenery. Sitting side by side with his son, they were drawn deeply into the abstractness. Then, looking up and down the scenery, a paticular line from a poem came to him,

"I shall rise up to the sky the day I adjourn my journey on this earth."

At that moment, his heart was touched to ring, resembling the bells on the top of a medieval church resonating through and through.

7

A person's destiny is one of two things:1. Destined to live as the god of destiny planned, or 2. As the consequence of an impulsive decision made by the god of destiny. Must a person obey their destiny? Of course not, derailing from destiny is not a choice, neither would it be accepted be the god of destiny. The battering truth is that a person cannot make their own choices. Then must people accept the assumption that they are merely the creation of god? Hence are humans born with an inevitable weakness? He asks himself such questions. Like so, keeps questioning destiny itself. Why? It's probably because he was unsure whether to accept such an unpredictable death. He still denies death of his child Jay.

Who wouldn't question such a destiny if it involved tragic death by a hit-and-run accident of an intoxicated driver? Is it justifiable to accept death by simply believing it was god's plan? Up until this day, these thoughts stand in opposition in his heart with anger and resentment, even if it meant his adversary was under a question mark.

On the cold night of winter that he had heard the news, rain ceaselessly knocked on the windscreen of his car. He came to the catastrophic realization that his prayers made speeding through the Kyungbu highway were futile. His wife was unconscious, neighbours were blankly staring at each other. His wife had lost focus in her eyes when she notified him of his son's death in a trembling voice as he barely managed to walk to her with uncontrollably weakened legs. He could not hold his tears gushing out of his eyes.

It was well past one in the morning when he arrived at Soonchunhyang Hospital, where his son Jay laid. Jay laid in the small cold box in the empty morgue room with his eyes and lips sealed shut. Tranquility. Death.

'Dad I miss you. I'm going to go to Seoul tomorrow to see you....'

He remembered the words Jay said to him the previous day. He stood amidst excruciating pain of seeing his son's nonsensical death. Feeling that dramatic twist in life. clutching onto Jay's hands and crying out his name was no longer reality but just in his mere imagination. Blurring moments disabled him to even think straight as if a thick fog. It seemed as if Jay would get back up with a smile and a joyful expression any moment. But Jay was no less than captivated by expressionless death. He could no longer find any liveliness nor the vivaciousness. Jay's death had only come back as a sharp arrow to his heart.

On the next day, Jay's older brother prepared a portrait of Jay in his favourite denim jacket and school bag. He lit the incense in front of it and watched it rise aimlessly. Perhaps it was a resemblance of Jay's soul and memories slipping out of his grasp.

Whilst gazing at the portrait, the father mumbled as if he read a monologue,

"Dear my son Jay, You've now dismembered the burdensome layer of physical incrustation. You are now free to travel the world filled with dreams of your own. Just like the lyrics that you often sang along to, Our lives may indeed just be particles of dust floating in thin air. My beloved son, I cannot pull out the arrow the god of destiny has pierced so deeply inside my chest until I meet you again in heaven. Rest in peace."

It is a fated ending that a person lives a set period of time and leaves. In this cycle, emptily, remora, and fear are mere emotions that humans feel to death. When a child reaches death before their parents, the pain on the receiving end is longer mere sadness, but agonizing pain, seemingly resolvable by following the death of their child. Jay was at an age where his growth, studies, and dreams had limitless potential until all above were abruptly and utterly stopped by such an ending. His father had observed Joy's growth by his side; he felt a sense of pride in doing so, as if he watched a great sculpture being mastered to flawlessness. These feelings and expectations were identical, if not greater from Jay's mother. Following Joy's sudden departure, Jay's mother was pushed to extreme ends of sorrow and pain, becoming completely deteriorated in both physical and mental states. The mother's diary scribes in detail of such emotions.

The first Mother's Day came around since the death of Jay; there were only grief and contrition.

— Jay, it must be daytime outside judging by how brightly lit the window seals are.

Today is Mother's Day, thus I'm overwhelmed with mixed

emotions. My heart was always content and made me wish for nothing more. On the morning sermon of your 49th day Ritual (A Buddhist ritual on the 49th day after the death of a person which is held in remembrance of them), the priest mentioned that we must be grateful for the half we have left rather than be resentful for the lost half. Yes, you are gone and no longer with us. We have your brother and I understand that we should cherish him. But because of our limitations as humans, your mother suffers from sickening and burning misery every moment of the day. I deeply wish for the day to come forth, the day where I could finally be with you again. However, your brother and your father also are tormented just as much as I am. Do not be distraught yourself and await me, dear son. —

Although Jay lives in the bottom of his mother's heart, Jay's mother intently stares into the rain outside as she waits for Jay's return. Perhaps the rain was also drenching her heart, making it heavier and heavier. Perhaps her heart was a sea of depressed emotions. Perhaps she traps herself on a stranded island between the waves of sadness and the heavy drenching rain of sorrows, wailing as if she were a deaf child, deprived of everything imaginable.

— Jay, it's raining outside. They remind me of my tears. Perhaps they're yours. It's pouring down as if one weeps in desolation. I am weeping as I am because my life was worthless in comparison to you. I lived a restless life because I wanted to gift you at least a single opportunity to express your fullest potential. I felt tireless back then because I could just imagine you rise to the top. However, every breath I take right now seems like a contradiction to my feelings. Jay, where are you? I feel as if my heart will burst. —

9

It almost seems as if Jay could descend down to his family through the rain. Jay's mother desperately wants to dream of Jay. Probably because it is the only place she is able to meet him. However, she is not able to fall asleep. It seemed like she'd stake out all night awake, as an owl. Just like a miracle, Jay had appeared in her dreams when she briefly fell asleep at dawn.

— Jay, you returned to me at dawn in my dreams. I embraced your injured head and wept so much. 'How terrified and painful would it have been for you?' My heart melted in sadness and sympathy. Jay, I can cook beef bone soup for you, which will help you heal your injuries. You said

182   흰 백합꽃 펜던트

to me,

"Mum, my memories have returned to me. The teachers at school will be amazed to see me. I think I can ace the maths test in August!"

I replied,

"Sure you will, maybe you can go to university next year."

to which you replied

"Of course."

With the smile you gave me when you were here. Even after I woke up, I started up into the ceiling for a long time, wishing that this could be reality. Your father also dreamed of you. I'm certain that your spirit has returned to us. The afterlife Jay, you're really here right? Your father and I always say this after your departure,

"This is the end of our lives, but we should at least continue with our lives until our oldest son can live independently."

How did this happen to us? Even now when I look at your old photos, I feel so sorry and heartbroken for you. It's raining outside just like the day you had to leave us. This sad, tormenting rain. —

Jay was born in Janghang, a small port town of the Yellow Sea. Amongst a warm-hearted family in Seonam valley, he sprouted joy and peace, and learnt his first words and first steps there. Then after, he spent his childhood, school days, and a short adolescence period in Cheonan, leading up to his premature departure.

The Yellow Sea is where Jay's ashes were sprayed. Therefore, it became the depressing Silk River(River Styx in some cultures) for the couple. Here, they attempt to mend their broken hearts whilst wailing to recollect their joyous memories with their son. When it rains on the Silk River, it pierces through the surface, creating a small explosion of droplets, reminding them of Jay's smiles. The water levels rise to the brim of the riverbanks, where the seagulls aimlessly fly around. Jay's mother's heart is filled with nothing but sadness. Her tears trickle down endlessly and blur her vision. Sorrow enraptures her heart and mind like a fisherman's net, and her veins were filled with despair. Nevertheless, when memories of Jay reach her, she silently closes her eyes.

The Silk River was where Jay's father caught the Hwangpo boat from Naru Dock to the Port of Gunsan to go to school when he was around Jay's age. Back then, the Silk River was where Jay's father's dreams and hopes flowed along; whereas the same river had become the river of misfortune for him since his son's death. This river embeds Jay's smile on its afterimage, as well as the desperate prayers of his mother.

— Jay, your father and I took the train bound for Janghang to see you today. The Yellow Sea Dock! This is a sorrowful place to be for us, since this is where we sent you off at last. We left Seoul by train early morning and arrived here around noon. As we arrived, the high tide greeted us. Tears spilled out of my eyes so I could not see clearly. Among the tides, I thought I heard you call me,

"Mum!"

my voices were caught by tears and couldn't speak a single word. As I watched the tides, I carefully observed ripple by ripple as if I could pick through each of them to find you, but I could not find you anywhere, nor could I hear you voice. Jay, do you know the woeful state of my heart? At such an age where you should mature, study, and chase your dreams, the god of destiny hadn't even permitted a small extension of time for you! Did you not say you thanked the god? Well I resent him more than ever, but I am just a mere human being who has no choice but to hold onto him. Moments later, something remarkable happened. A big fish galloped out of the surface and drew a parabola in the air, then disappeared. After seeing this, your dad said that it might have been a sign from you. Then as if he were looking for another miracle, he couldn't take his eyes away from the water. If your spirit exists, you wouldn't ignore how desperate we are. You would have appeared before us in any form; your mother knows very well. You used to call me even if you were going to be home a tiny bit late. You used to enjoy being in front of people because you had an inherent positive and enthusiastic personality. We brought the cream-stuffed bread rolls, crisps, yaksik(a sweet Korean treat made with rice), and some drinks of your favorite choice.

"Mum! How did you know I loved these?! Thanks mum! Thanks so much!"

although I could imagine you saying these words and diliciously digging into your food, at the fact that this couldn't be reality, I could only drip my tears onto the food unwrapped in front of us. Your father saw this and gave a word of comfort,

"We have our older son in the world and our younger son in the other, so don't be so disheartened."

He's right about that right, Jay? You must be waiting for us, right? I miss you my son Jay! I long to hold you in my arms just once more. We will visit again if we miss you. Just like the high tides. —

10

Jay's friend Sig was the one who made the Jay's parents start attending church. Sig became friends with Jay since the final year of year of their middle school. Sig had a strong character and was so academically potent that he ranked first in his class. Sig didn't make many friends since he was introverted and prideful. On the other hand, Jay made friends quite easily since he was a joyful and friendly character. They became friends after an incident where Jay brought his skateboard to class. Although his classmates were eager to try his skateboard, Sig was even then, too proud to try it. Once, when they were playing tiggy(a game played among many children in different cultures) in class, Sig inadvertently

흰 백합꽃 펜던트

tripped Jay by instantaneously lowering his body. Seeing the desk being pushed over as well as Jay, Sig's heart dropped. Fearful of any serious injuries, he approached Jay and helped him to his feet.

"Are you alright?"

"I'm fine, no worries."

Jay let out a smile and stood back up. Whilst observing Jay's state, Sig could evidently know that he was not alright. Around five centimeters of the pant leg of his jeans were ripped.

"Oh no, your jeans are ripped!"

But Sig was overwhelmed with apology.

"Don't worry, it's fine. Ripped jeans are in trend now anyways!"

Replying in this manner, Jay lightly patted sig on the shoulder with a smile. Since then, Sig started making more effort to befriend Jay, and they grew noticeably close. They'd travel to the Memorial of Independence with skateboards by their sides and rode on them in unpopulated locations. Jay and Sig also exchanged information regarding Rock and Pop music, and they listened to them together. Sig knew quite a broad range of information about those genres, But Jay was on another level. Jay had initially started listening to pop music to improve his English. Since the concert that Jay's academics would be affected by their relationship as it deepened, his parents at one point tried to distance them. These were common threads in adolescent friendships, but Jay's mother watched them discerningly, because they even met up at night times and were on call countless times of the day. Sig would also compliment Jay that he had the looks of Elvis Presley because of his fine outlooks and how tall he was, as well as the cheesy smile. Sig was also envious of Jay when he wore his Sea Cadet Corps uniform. Everyone is bound to have their unique characteristics. Sig too, had a distinguished decisiveness and a studious gaze about him. These were qualities that Jay admitted as the finest attributes among all. Perhaps this was the reason behind Jay and Sig's complementary relationship. Jay and Sig's friendship prolonged until high school. Despite being placed at different schools, their ardent friendship prevented them from floating away from each other.

In Sig's article titled 'path to the moon', Sig portrays the feelings of their first meeting after Sig's admittance into his high school, like so;

— The Jay in front of me hadn't changed much from the Jay I had in mind. His magical capability to draw the other person to positivity, his easy-going, yet rightful temperament resemblance of the afternoon sun; maybe the only difference is the intensity of these qualities… pitch black shoes. grey py, and dark blue school blazer. The boy in the Sea Cadet Corps uniform had transformed into a new outlook with time as his changing factor. —

After being told of Jay's school activities such as English Public Speaking Contests, English Drama Performances, and cheerleading, he wrote 'I have depicted Jay, who wears an impressive uniform embroidered with a gleaming gold chain waving his arms and legs in front of his school mates.' Jay and Sig had stayed out in the freezing night of winter all night, sharing their worries on conflicts encountered as adolescents just days before Jay's sudden departure. Sig was perturbed by Jay's death more so than anyone else. He lit up the incense(sign of respect and condolences to the dead in

Korean culture) and guarded Jay's memorial podium, as well as placing rosary beads in Jay's coffin when sending him off for good. Jay's comments that

"Sig was the only true pal '1' he needed."

Wasn't wasted in vain. In Sig's article 'Path to the Moon', Sig ends like this;

— Jay winked at me as he smiled a cheesy Elvis Presley smile. I laid next to Jay. It was warm and comfortable, just like the autumn sunshine back at the memorial of Independence. I closed my eyes and asked him,

"Why are you here?"

Jay playfully scoffed and replied,

"Because I like you... don't worry. I won't disappear. I'm still in your mind smiling at you. Don't be heartbroken. I haven't left. In your memories, in your heart, and on your path of life, I'm always with you."

A smile spread across my lips and the reason of being inside me shone like a candle with a small, tranquil flame. —

Jay's mother was to be baptized. Candles in front of the altar were lit. A pristine holy shrine was prepared. When the priest in service robes gathered his hands together and prayed, the mystique of religion went under way. 'Lord, my heart is not suitable for you to reside in, but pass us on a message, and our souls will be reconciled.

The hymns for Eucharist were softly carried through the cathedral. The bread and wine were remembered as the blood and body of Christ, hence shared among the believers. Jay's mother acknowledged the death of her beloved son through Christ into her heart. Her spirits ran to the Lord, having deserted the torn heart and weary physical embodiment from worldly life.

"Dear benevolent Lord, please take me in your arms. Let my spirit be resurrected. There awaits spirit of my beloved son. All powerful Christ, be empathetic to my Jay. He had mighty dreams and many things he wished to accomplish. He gave our family joy and serenity, and he shared friendship among friends. All mighty Christ, have sympathy for my Jay. He'd lived life much too short here. Please take him under your wings from the gates of heaven and allow him to find eternal life and peace. Holy Maria, the one who sits with Christ himself, pray for me to be allowed to see my son Jay when I see Christ's gleaming face."

— Jay, there was a ritual at church today. My Catholic name is Veronica. The nun allocated me a godmother who is incredibly stylish, beautiful, and intelligent. She is of age, but seems much younger. She's indeed too good of a person for me, as well as someone I owe much to. I think she would have arranged a great godmother for you as well. Even when I was being baptized, I was deep in your thoughts and tears seeped out. I prayed that you may be lead to God, and I shall learn how to pray so I could pray to your delightful life in heaven; until the day I die… since I've been paired with such a great godmother, I wish to follow her footsteps. However, my heart is still overflowing with grief since your absence. The grief deepens as good things occur in my life. How did I come to such misery from back then, where we used to be laughs after laughs? You were always the one to receive admiration of others because of your optimism and ability to instantly decide. I was always proud of you and had high hopes for your future. Please freely accomplish your dreams up in heaven. —

11

After Jay's abrupt departure, his mother writes a diary entry every day, filled with grief. On empty linens, her barren heart, and the ink, her blood formed with despair, she drenches the diary with misery. Hence, the diary is to be opened to no one. The diary will only come to an end when the staines covering the diary dries back to normality. Who would read her grief enchanted diary? She writes every day without mistake. She writes unknowing of the fact that her blood will drain her out of life as she writes more.

A parcel sent by Mea arrived from Finland. Inside, sat a cassette tape with Jay's narration over pop songs, and a condolence from Mea.

— Dear family Lah,

I wanted to write to you and tell how sorry I and my sister Heli are. It was real shock for us when we got to know that Jay had died so terribly and he was so young. I wrote letters with him for about a year and I learned to know him very well. For me he was a real friend, my best penfriend. I got to learn to know him as a glad, sympathetic, sensitive, reliable, a person with a sense of humor and very intelligent boy. Maybe it is difficult to understand that we were very close friends even though we never met. But he was really important for us, and we couldn't help crying when we realized that he is now gone. We know it is much harder for you, his family. So wish you God bless and everything good. I know sometimes it feels that there is no way to get out of his terrible sorrow but we can pray God to help us to get over this, The troubles are to make us stronger. And memories are still alive, and life still goes on. I'm sure that Jay wouldn't like us to live in sorrow for too long time. It seems that there is no reason for his death so early but ways of God are not our ways.

흰 백합꽃 펜던트

We never know when we have to die, so we must be ready everyday. I really admire your family. Without a great and lovely family couldn't grow up so unforgettable boy like Jay. Here are copies of two Jay letters. Another is mine and the other is Heli's. We wanted to keep his letters because they are important for us. Here is also the cassette which Jay sended to Heli. We recorded it for us too.

I wish you everything good and strength to get over this.

Mea was a friend of Jay's that he'd made through being her pen pal for a year. Jay's mother had requested for to send her Jay's cassette tape to creat more memories of him. Hanley and Mea were invaluable friends to Jay. His mother had watched their friendship grow over time by his side. They were all dearest of connections that reminded her of son.

She entered Jay's room, where there were his desk and photos. The past winter night, she embroidered floral patterns on a plain white cloth and laid it over Jay's desk. She also placed a clear glass jar with a rose shaped ribbon on top, containing many origami cranes scribed with her prayers on the cloth. Although death was not an end. but just a stage in an endless cycle of eternal life, Jay's room lost meaning without him in it. It was rather the fact that Jay was once in the room, so indescribably precious to the mother's heart flaming with yearning for her son. And all sadness was bestowed upon the ones remaining.

One day, Jay's mother was lead into

Emperor Qin shi Huang's exhibition in Seoul. Interests of many resulted in a prolonged queue to purchase the tickets to see priceless relics and ambitions of Qin, that had been awoken from the underworld. Jay's mother viewed the exhibition in sadness, as if she were reading a monologue. Qin, who had nothing to be envious of, possessed all power and authority of his days, and traveled in search of the herb of eternal life regardless of any distance or conditions; he guarded his spirit even on way into his tomb and attempted to connect eternal life and reality in his bronze chariot, with innumerable terracotta soldiers, Nonetheless, even he was dead and gone, his terracotta soldiers who guarded his tomb, the bronze chariot for his spirit, became nothing but soil ridden relics, and stigmatized him as the label of continuous greed. In actual fact, the army of angels playing horns to protect the dead and the golden chariot for the spirit of dead would be prepared only by God… why do humans mistake their worldly fortune and power to last through the eternal life? From God's macroscopic point of view, those were merely short happenings, as well as reality and the afterlife being completely interchangeable under God's control. —

12

Time flows as quick as clear waters flowing top down. It takes bratant disregard whether a person is joyful with happiness or agonized by mishap. it also doesn't care for any complaints made against time, whether or not people complain that time is too fast or too slow for them. Way do humans debate about time? They even formulate many reasons to blame time as an affecter. Time shows no reaction to countless lies being born, growing to maturity until being bed-ridden and finally reaching death. It only winds itself to one direction. In some instances, humans act as if time is in their possession by fitting time to their schedules and judges time by their respective situations. Anyhow, time is not

흰 백합꽃 펜던트

possessed by anyone, but flows undisturbed.

After Yuna had floated away, a new season was waiting for him at the break of autumn. Sunrays shone the woods without mistake, but could not light up his heart. He is deeply sighing at the fact that time is too pacey for him. He was unable to control his distraught emotions that kept peeking out, just like back then, his present of the past. He finds the birch leaves to have lost that lively evergreen shine from summer. He is nervously uneasy as if he'd already seen the greatest extents of beauty from the graceful autumn colours of the leaves until they become mere brown foliage. Then he wrongly assumes the enrapturing feeling as a foreshadowing of something ominous and forces it deeply inside his chest. Erie falls glum as she watches his haggard shape. If only she could haste him once again to respond to her meaningless contests with Yuna... Erie grew dramatically quiet after the parting with Yuna. Until when did this have to persist? Erie is concerned at his irritations. She is only limited to act upon his behaviour. The fact that he dwells on the present. Moments of his past concerns her even more so.

He was over whelmed by the wretched thought that he had sent away Jay and Yuna. As the screeching of the bugs grow thinner in the evening, time only coerces him and Erie into a disconsolate autumn.

One day, a middle-aged scrap dealer who visited the cottage every once a month or so scampered up ten days ahead of due schedule. In a thought that something may have happened, him and Erie started at him with an astounded expro.

"Hey, what's the reason you rushed up? It's not usually the time that you come around."

He commented.

"Hey, have you seen Yuna?"

Erie questioned along.

The scrap dealer silently unwrapped his shabby clothe. Erie's question was answered.

"Wait, isn't this Yuna?"

He exclaimed in awe.

"You're right, it's her, but…."

Erie also shouted, but soons of her cheeks.

Not only was Yuna unconscious, but she was in such an unrecognizably damaged state. As he helplessly stared at her, Erie shrieked,

"Grandpa! Quickly move Yuna into the room and treat her! My poor Yuna!"

Yuna, when moved into the room and having received prompt first-aid treatment, she weakly let out a sentence,

"Grandpa, sister, I missed you."

Having said this, she feebly looked up at him and Erie. Other animal figures in the room called her name in their own unique voices and wept, as did him Erie. The scrap dealer who was quietly standing by her side also wiped his tears away with his rugged hands and swept his tangled bush-like hair.

He happily embraced Yuna and spun her around the room as if she were the prodigal son who returned. Since the scrap dealer visited the cottage at least once a month and sold his works and bought his necessities from the market, he was like an uncle to Erie and Yuna. It was beneath the mud wall of a scruffy house where the scrap seller first found Yuna. Yuna was wailing at the time, while hoping for someone to walk by. She had floated downstream and stayed near the pond of this village. The village that Yuna had seen for the first time looked cosy and py. During the day, people took their farming instruments to work at the fields, but children of Yuna's age were giggling while playing hopscotch. Each of them were dressed interestingly. A sapsal dog(a Breed of shaggy coated Korean dog) was wagging its tail as if circled around them. Yuna wished to play with children of her age. Moments later, the dog ran up to Yuna. When she held out her hand to pat it started fondling with her with its paws. Then, it bit into her with its sharp teeth and toyed with her as if it were apiece of chewy bone. Yuna was scared and hurt. Yuna's face lit up crimson red from all the scratches on her face. She feared for her life, so she shouted,

"Grandpa! Erie!"

However, no matter however many times she looked around, they were nowhere to be seen. It was then that Yuna came to the realization that she was all alone and felt loneliness to the bone. All the joyful memories whooshed past her mind as if it were a screen. When the day darkened, the dog left Yuna under the mud wall and scrammed back to its place. The night sky gifted Yuna with tiny beams coming from glistening stars. She wished to climb along the beams into the sky, but first, she more desperately wished to leave the place. A thin ringing of a bug resonated pitifully. The chilling wind wrapped Yuna and disallowed her to sleep until the break of dawn. In her brief dreams, she met her grandpa and Erie. All they did was sob in each other's embraces. Although she had a feeling that someone would come to her rescue the next day, she was only incessantly hassled by the dog, and kicked around like a soccer ball by the children she wanted make friends with. Yuna's body grew more and more ragged. She even felt a sense of betrayal to the children. Luckily, the dog strangely always put Yuna back under the same mud wall when dusk arrived.

Many mornings letter, the scrap dealer visited the village. When Yuna saw him, she called him with all her might,

"Sir! Sir! It's Yun! I'm over here!"

As the dog started dashing towards her. Staggered, the scrap dealer also threw down his trailer and bolted toward her.

13

Yuna returned to her original state with his trained expertise and Erie's restless support. Erie and Yuna take care of each other as if the other were their own. Since they were the gorgeous Sika deer sisters once again, the small wooden cottage was replete with continuous laughter. Erie, Yuna, and his hearts were content with peace. They went to the creek where Sika deer sometimes make appearance. The clear waters of the creek gracefully trickled down, and the small puddle on the side of the creek still had crystal-like water in it. Reflections of Erie and Yuna's pretty faces rose like two bright moons in a pitch-black sky. Then, his wrinkled face is reflected like a wavy postage stamp on a colour-faded parcel. When ripples arose from the water and their faces disappeared, their chilling spreads the woods, resembling how the marks of his past spread like the textures of finer wrinkles on his face.

Erie and Yuna sang in chorus. He closed his eyes and opened his eye imagination to see the horizon on the ocean. There were no ripples that he could see on the far side of the horizon. Then, he wished to see the ocean in his heart. The present of the past was in line with the sky as if it were a horizon. There, his fading memories that Jay had pictured were rippling like his fine wrinkles. The birch leaves shudder at the chilly breeze of early autumn, and thousands of thin sunrays penetrate the spaces within them to affix to his heart like pollen. His light beams from inside his heart. The pop song 'Dust in the Wind' that Jay often sang along to were carried through the woods by the autumn breeze.

— I briefly close my eyes, but the moment is quick to leave. My dreams and hopes dapple past me and turn into mere dust in the winds. We are all dust in the winds. The same song from the past that is like a droplet of water in the ocean, all our deeds are completely erased on this land. We try to stay noted, but we are just dust in the winds. Do not hold obsession. There is nothing eternal between land and sky. Everyone and everything silently leaves without a trace. Would your wealth be able to buy a spare minute? Dust in the winds, we are all dust in the winds. —

He trailed out of the woods with Erie and Yuna, gradually descending down from the mountains, while reminiscing a section from the sermon during Jay's 49th Day Ritual Mass,

'We must be grateful for the half we have left rather than be resentful for the lost half.'

Between the white pillars of the birch woods on a mountain ridge yonder, there stands an elegant Sika deer, gazing below the mountains.